主编　凌翔

当代

回望

戴荣里　著

天津出版传媒集团

天津人民出版社

图书在版编目 (CIP) 数据

回望 / 戴荣里著 . -- 天津：天津人民出版社，
2020.12

（当代著名作家美文自选集 / 凌翔主编）

ISBN 978-7-201-16858-6

Ⅰ.①回… Ⅱ.①戴… Ⅲ.①散文集—中国—当代

Ⅳ.① I267

中国版本图书馆 CIP 数据核字（2020）第 242223 号

回望
HUI WANG

出　　版　天津人民出版社
出 版 人　刘　庆
地　　址　天津市和平区西康路 35 号康岳大厦
邮政编码　300051
邮购电话　（022）23332469
电子信箱　reader@tjrmcbs.com

责任编辑　岳　勇
装帧设计　陈　姝
主编邮箱　jfjb-lx2007@163.com

印　　刷　唐山楠萍印务有限公司
经　　销　新华书店
开　　本　710 毫米 ×1000 毫米　1/16
印　　张　13
字　　数　200 千字
版次印次　2020 年 12 月第 1 版　2020 年 12 月第 1 次印刷
定　　价　49.80 元

目　录

第三辑　低端生存

第四辑　忖

第一辑　清晨之思

拜谢

真要走了，真要彻底地走了。

再看一眼这个我住了一年的房屋，真有些不舍。

要拜谢的很多很多……

先拜一拜屋角的空气吧！瑞丽没有腥风恶雨，整个雨季，瑞丽的自然界，犹如瑞丽人的脸庞，平静着这个世界。我想，我初来时的那团屋角的空气还在。它知道我的温暖、我的思考、我的所恋、我的孤独，或者我的无奈。这一团空气啊，陪伴了我整整一年，看着我从工地归来，听我叙说傣族老人的梦想，与我一同欣赏外地游客欣喜的照片，静静地看着我和家人说醉话。我们一同孤独，一同看阳台上那棵新迁移来的花树。看火龙果开花了，又落叶了；只有这团空气，知道我怎样给远方心仪的女人通话，向天堂里的父母忏悔。我几次想放这团空气出屋去看外面的世界，但它恋恋不舍。瑞丽的空气，好像一年四季都是静止的。最后我也就无法驱逐这团空气，我只好对它说："这样也好罢，你知道我所有的秘密，我乐于让你知道。在外，有各方人士陪伴着我，在家，有你这团空气陪着我,不离不弃,这样的感觉很好,两份孤独,完美融合在一起,就不叫孤独了。"

还要拜谢的是,那条游荡在街上的狗。最初认识它时,它是不友好的,我因为用手机为它拍照,冒犯了它的"尊严",它一直追我到办公楼。后来我和它熟悉了,拍它,它摇尾巴;拍它的同类,它以最快捷的方式,向它同类传递信息。这样,我与它,有了更深层次的交流。后来我与它就成了朋友,我现在都能称呼它为我们了。我们一起看着路旁的家具加工间发出刺耳的声音,我们一起观看提包卖珠宝的人穿越马路,我俩一起欣赏罗兴亚人的"笼系",我们一同看来瑞丽旅游、买红木和珠宝玉器的外地人。我已经习惯了狗叫的声音,它也把我的呵斥,当作亲切的象征,我俩相遇而安。

还应拜谢的是房屋外面的鸟,我已经听惯了这鸟音,似乎是鸟爸爸、鸟妈妈,后来又有了鸟儿子、鸟孙子。它们清脆的声音,每天把我从睡梦中唤醒。这样的境遇,在北京听不到。它们想急切地让我知道,它们的心思,或许它在呼唤我,让我留下,或许它在好奇,我为什么还不走,或许它就是监督我的上帝。每天早晨,我在睡梦中醒来。它们的鸣叫,是最美的歌谣。有一个阴天,我拍立在电线上的它们,像五线谱。

还要拜谢那位傣族寨子的老妈妈,她脸上的沟辙是山川的样子,隐藏着一个民族的历史。我每次去,她都在编织属于傣家人的衣衫。她非要赠送我一个挎包,我给她钱,她说什么也不要,我以一个游客的身份去见她,她不知道我是来挂职的官员,我想她这样慷慨地赠送给游客,一年要损失掉多少心血?但看她一脸的慈祥,我为我的想法而羞愧。我想送她一本书,可她不识字,她的脸纹,是天底下最好的书法:朴素、善良而耐看。此刻,我要离开瑞丽了,她的眼神一如佛塔,闪着金子般的光芒。

来瑞丽前,最想戒掉的是酒。可去回环村看房子,恩保酿的小锅米酒勾引着我的胃；到户瓦寨子，村主任炕上的竹筒酒，散发着亲人的香气；来自北方的乡亲以方言警醒着我的故乡情结，我怎能不喝点酒借机给他们上上"不要忘本"的课？这一切，让我时常沉醉在酒里，以我的贪恋，换回瑞丽人民的故事，巩固与故乡人的神情。边疆酒醇，里面没有尔虞我诈；边疆酒真，里面藏着优美故事。应该拜谢的是那些与我在一起度过了时光的兄弟姐妹……

挂职一年要结束的时候，书记、州长和市长频繁挽留，市民、村民和兄弟执意相留，他们看重的不是我的缺点，欣赏的不是我的不足，原谅的不是我的酒醉。此生，到哪里找这样单纯之地；此生，到哪里感受这里的人间之味？要拜谢的自然还有他们……

要拜谢的人与物，写满了纸，而今天我就要离开瑞丽，回到北京，回到雾霾还没有彻底驱散的地方，我真不想离开瑞丽。但事实需要我决绝地离开，回望这座城市，我所要拜谢的，就是天底下的这一方土地，这一方土地上的人们啊！我该以怎样的心境，在遥远的北京，遥望这一片温情的土地，这里的一切，都将定格在我的记忆里。

（2019 年 1 月 16 日星期三于瑞丽市委宿舍）

清晨之思

　　从瑞丽到芒市不过一个小时车程，来芒市办事，我很少住下，感觉瑞丽宿舍里，好像有一个孩子。牵挂，是藏在心底的感觉。昨日，没有提前通知更多的朋友，我一早把文章发出来，就启程了。昨夜，住在芒市，一是逗留一下，看一眼那些关心帮助过我的人，二是让自己激动的心情有一点缓冲。想好不要流泪，但在离开宿舍的那一刻，听完《有一个美丽的地方》，下楼去，送我的市委的一帮兄弟姐妹们，还是让我流泪不止。我是干不了大事的人，一旦离开，泪还是止不住地流。那些我批评过的兄弟，市委里那些熟悉的景物，那些经常和我打招呼的保安兄弟……离开瑞丽，还是有万般情愫从胸腔里冒出来。这是一个让人留恋的城市，这是一群纯粹善良的人群，这是一个在冬天感觉不到寒冷的所在。终究，我要离开了。

　　有些好兄弟，我选择了不回复他们探询的信息；有些市民，我选择了不和他们见面；有些文化人，以微信朋友圈的方式，表达着他们的善意——我内心感激他们，但回短信的手是颤抖的，我无法敲字——这个城市，给我了第二次生命，注定是我的第二故乡。此生去过不少大城市，广州、上海、青岛……但铭刻在脑海深处的，还是瑞丽市。瑞丽，在内地人眼里，不过是一个边疆小城，但在我眼里，她却拥有着无限的宝藏。山因水美，城以水贵，人以平和出名，风以平静唯美。我真不想说，人间竟有如此仙境，世间还有保留如此完美的人性！

在瑞丽的每一天，我都被勤劳充盈，都被学习簇拥，都被善良打动，都被美景吸引。这座小城，好像藏有万般故事；这座小城，好像前世注定要与我结一段因缘。我停留在边疆的时刻，每天早晨，一个人会在宿舍里静思良久。很多个众人皆眠的早晨，我与我对话，我对我批评，我享受着我在瑞丽的工作、写作与生活。每一天貌似相同的经历却又有千差万别的感觉。

感谢那些真诚待我的兄弟，感谢那些送我千言万语的人。我在离开瑞丽的一刹那，看一眼那多情的天空，摇曳的树叶，后退的楼群，我就想，真的要离开瑞丽了吗，要离开我喜欢的第二故乡了吗？山峦无语，瑞丽江不笑，铁路桥墩静默如斯……

送我的同事，一路劝解，我调侃恩旭说我今后不会再像以前那样批评你了，你获得解放了！他故意露出如释重负的表情回应我，我俩相视一笑；我对朝夕相处的交通局局长、铁建办主任说你们俩为我挖了一年的"坑"，让老哥在填坑中成长，今后不能再帮你们填"坑"了，他俩哈哈大笑；我对市长说未来的瑞丽一定是国际化大都市，我期待着瑞丽光辉的未来；书记对瑞丽火车站规划，提出自己的思路，很新颖，可惜我不能再在瑞丽现场，指挥这一规划落地了……工作的遗憾，感情的依恋，蓝天、白云的诱惑，让我在登机之前，难以在宾馆入睡。

在这个清晨，在离瑞丽不远的芒市，我回想着我这一年在瑞丽的过往。我虽然只是这座城市里的一位过客，但我这位过客，曾经热恋过这个城市，记忆过这座城市。让我在这个清晨，再回望一眼美好的瑞丽吧！

一个静美的小城，蕴藏无限的人与事；一位诚恳的作家，吸纳无限的美与力。我走了，走的只是躯壳，我的灵魂，已被这座优美的城市而攫取。我在北京想瑞丽，生活在瑞丽想念北京，这份牵挂的美，又有谁能从内心深处体会到？又有谁能引发推心置腹的共鸣？

几位朋友发来信息说，一定要送我去机场，我真不想面对那一刻送别的感伤。芒市晨思，请让我把德宏镌刻在脑海深处，飞往北京……

（2019 年 1 月 17 日星期四于芒市世纪酒店）

过去的都是云烟

无论你经历过什么，也不论你留下什么，这一刻的寂静，也就够了。初回北京，早晨，肩膀感觉嗖嗖地冷，适应了一天，第二天一早也就好了；在南方，惧怕返回北方，经受那份寒冷，腿上会起皮，待了一夜，扎几下腿，感觉就找回来了；说好去参加散文学会的年会，很少睡午觉的我，在京城之家，睡了个午觉，没能赴会，看去参会的朋友发在微信朋友圈上的消息，感觉就如邻舍开会一般，多了些亲切感。京城以及京城以外，在现实生活里，都能接受突如其来的生活，故乡人讲：没有受不了的罪，也没有享不了的福。想当年，哭天抹泪的一帮人，怀揣着理想去边疆战天斗地，如今，他们都是耄耋老人了。我记得一位老知青，在前门大碗茶店，我请她叙述当年的经历，她说起东北的辽阔，说起当年的激情，唯独没有说起自己的亲人卧床不起，她的亲人与她一同下乡，因下乡而落下病根，而她的理想一直在理想里。那一刻，我不忍心劝他。走着走着，你就会知道，大好中藏着大坏，大坏中蕴藏着大好。

打的去赶场的路上，的哥说："看上去你和我年龄差不多，一个孩子吧？我们这代人亏喽！当年那些偷着生的人，现在一个个幸福着哪！想当年，他们可都是落后分子啊，不被单位里的人看好。还记得那个小品《超生游击队》吧？挖苦人家。你说说，人这一辈子啊，是符合人性好，还是不符合人性好？"我一时语塞。我真不知怎么回答他，因为我从来没这样对比过自己的人生。

其实，活着活着，就活到北京来了。在北京到底有什么好？假如我一直在故乡，看到的是熟悉的脸庞，听到的是亲情话语，感受的是东山西岭。此刻，与亲人们一起，依偎着，墙角晒晒太阳，哪怕翻咬着虱子，有什么不好？我好像水中的一块浮木，被风吹过，被浪打过，永远地离开了故乡，时而靠岸，时而又进入中心漩涡。所有这一切，是为了理想？还是为了生存？我真不知道。

一直都十分认真、刻意地去做某些事，但想想这些事，到底值得自己去做的有多少？那些读过的书，那些见过的人，那些喝过的酒，那些豪言壮语，到底对一个一直摆脱不了肉体束缚的灵魂，有多少革故鼎新的意义？我没感觉出来。

无论你经历过什么，无论你曾经多么卑微，又多么壮阔。这一刻的寂静，最重要。人总归要复归于大地，靠近大地的姿势，或许是最踏实的选择。既然故乡无法回望，深情无法寄托，北京无所凭借，时光都是流水，那就享受眼下的这份寂静吧！读过的书，有多少是奔着功利去的？此刻，就当作休闲的一种方式吧！写过的文章，有多少是为自己的，此刻，就写给自己欣赏吧！喝过的酒，有多少是自己的身体需要的，请改变在家中不喝酒的习惯吧，向自己的身体屈服，远离灵魂的高洁，或许更适合在大地上生存……

过去的事情太多了，回忆过去，纵使再自豪，也只是过去；倘若需要后悔，后悔会占据有限的时光。此刻，享受京城里的寒冷与夜光，想着孤零零挂在树梢上的鸟巢和鸟巢里的鸟，也就够了。

过去的都是云烟，唯有当下的感觉才是温暖，无所谓悲哀与盘桓，夜是通向黎明的舟，白日最终走向的都是夜晚。在高楼里生存，我所想的，或许是云烟之外的大地，那里是我最后的归宿。

　　（2019 年 1 月 19 日星期六于北京游燕斋）

边疆女人

边疆人的善良，是因为现代经济风潮渗透到那里太慢，边疆人还没有受到过多的影响所致，正如边疆的山水没受任何污染一样。回到京城，这样善良的边疆人，就很少见到了。

值得回忆的是边疆女人，倘若在北京，遇到有着这种品质的女人，我想所有的男人都会赞佩有加。边疆女人呀，还是要比大城市的男人淳朴得多啊，想起在边疆和她们相聚的时光，自觉有些幸福……

卖户撒刀的女人

在德昂族的一次聚会上，我认识了卖户撒刀的女人，当时我被她的头饰所吸引，有很多铃铛挂在她的衣服上面，叮叮当当的，非常好听。她笑起来非常好看，当时是参加德昂族一个隆重节日，男男女女穿着少数民族服装，看上去，她比别人显得特别健美，后来一问，原来是铁匠的女儿。从小就打刀，她的几个姊妹都打刀。

云南省德宏州陇川具户撒阿昌族乡是打刀的地方。遗憾的是，我一直没能去，熊青妹就是这样一个打刀女人。她说她的手特别有力，我看到她在舞台上跳舞，健硕的身体，体现着阿昌族人民的勇敢，她还曾送我两把菜刀，一定让我收下。据说户撒乡的阿昌族，钢刀传承于明朝时期的军营，具有非凡的品质，熊青妹爱说爱笑，爱跳爱闹，经常把自己的倩影发到微信朋友圈，喜欢把与朋友的聚会，渲染几句放在微信朋友圈上，是个很有趣味的人。和她接触，你感觉很放松。她的店铺，在瑞丽城内一个十字路口的一角，不光卖刀，还有少数民族酿制的小锅米酒，用玻璃瓶盛着，里面装有蛇和药，各种颜色都有，刀有多种，或大或小，或刚或柔，都给人别出心裁的感觉。她想送我一把长刀，但没法邮寄，也就罢了。有时通过微信她会讲个小故事，或发来一些她说见到的风景图片，让我很感动，听说我要离开了，她说要赶来送行，但我已抵达芒市，我邀请她说有机会来北京吧，我请你吃烤鸭！

中学女老师

经瑞丽市教育局梁老师介绍，我认识了瑞丽一中的两位女老师：一位教英语，一位教语文。这两位老师很有意思，教英语的刘老师，祖籍湖南，随打工的父母来到瑞丽，一家人住廉租房，英语教学很有创新。我原计划借挂职期间通过跟刘老师学习，提升我的英语听说读写的能力，但终因缺少时间，计划最终流产。这位刘老师，给了我很多英语学习方面的帮助，别看她生在草根家庭，但她十分努力，不甘落后于人，琴棋书画，涉猎很多。边疆中学教学任务重，业余时间学画画、练钢琴，一丝不苟。她的父亲在外打工，挣了一些钱，借给别人，人家不还，告到法院，最终也没有很好的结局。普通人之家传递给我很多老百姓的信息。

另一位老师姓赵，人很好，做事仔细，我在瑞丽期间，写的七本书，有三本经过她校对，这位老师很有心。大家一起去郊游，也一起欣赏瑞丽的珠宝，她都给我很好的解说，留下很深的印象。我的微信公众号文章，她不仅自己经常阅读，有时还把我的文章介绍给她的学生，我的书《瑞丽的瑞丽》签发仪式上，她和刘老师，带着她俩的学生们去现场找我签名，还买了两束花，在舞台上送给我，临行前，本该见她一面的，但是时间实在太紧，未能如愿。只能以后再写了书邮寄给她吧！

牛粪美女

牛粪美女可瑞，是傣家女子，原来在瑞丽市工作，后来到芒市工作，我在瑞丽市工作期间，她正好在瑞丽市挂职。有一次她带我去农家山庄，开车行走的路上，见到路中央的牛粪，她两眼放光，想下车把那牛粪装上，我问她为什么有这样的嗜好？她向我讲起了故事：过去傣家人，对牛粪十分青睐，牛粪晒干了，可以做燃料，每到冬天的夜晚，她和小伙伴们，就把这些干牛粪找来，填在火塘里，撒上玉米，就会出爆米花；放进红薯，就能享受到香喷喷的美食。牛粪在她们眼里，是美好的东西，围绕在可瑞身边有很多男男女女，她们幸福地享受着身边的生活，有时喊我聚会，大家说不出的欢快。

去年中秋节，我一个人在瑞丽，挂职的干部们都走了，唯有她还在瑞丽。那晚，她客串了一把我的临时"夫人"，在勐秀山上，我们一起与叶海波的表弟夫妇赏月，过了一个难忘的中秋节。还有一次，她请我到她家里去，她的父母都已退休，母亲是位医生，附近村寨的人都认得她妈妈，她妈妈在家里养了好多花，花朵鲜艳无比，我看着她们住的楼房，正对着路中间，按照山东人风俗建议她在门口安装一个"泰山石敢当"，她一家人采纳了，感谢我出了一个好主意。在我离开芒市之际，她还到机场送我，并带了小粒咖啡等礼物，我从她身上感受到傣家女子的柔美。

不敢看我文章的女人

在瑞丽，我写过一篇文章，名字叫《枪》，这篇文章貌似暧昧，实际上写的是我以笔当枪的故事。好多读者借此戏谑我，殊不知，我是想以此作为创作尝试。曾在畹町工管委做主任的燕飞，后来告诉我说：戴大哥，当时我是捂着一只眼睛看你这篇文章的，她边说，边捂着一只眼睛，我哈哈大笑。这篇文章，当时的确让很多人误解，读完以后，她们如释重负、哈哈大笑，燕飞主任很努力，畹町离瑞丽不过十几里路，但为了工作，她别夫离子，整日住在畹町。铁路建设拆迁最难的时候，我曾经批评过她几次，现在想来，十分后悔，现在她已经到德宏州委宣传部工作了，不知道她是否还记着我批评她的"仇"？

弹吉他织布的女人

在阿昌族村寨，我本来想去听当地的少数民族器乐演奏的，其中一位阿昌族女子，善于演奏当地土吉他，吉他是用一个竹筒做的，竹筒很大，削出几条竹条为弦，一个竹筒就是一只吉他，演奏起来很好听。这位演奏吉他的阿昌族女子，还会织锦。我到这个村寨，看几位阿昌族妇女织锦，看阿昌族汉子剪纸，有趣极了！临走前，这位妇女送我一个她编织的书包，现在我在北京家里一看着这个书包，就好像听到了阿昌族女子弹吉他的声音。

陈医生、傣族院长与卫生局局长

女医生姓陈，嫁给浙江老板做媳妇，开一养生馆。我在瑞丽因湿气太重，去其养生馆热敷，有一种热泥，敷在身上，张力很大，整个胸部好像被黏住了一般。这位女医生，一边做医疗，一边指挥丈夫经营，这种医人又医夫的女人，少见。

傣族院长杨院长，是护士出身，因要借调她单位冯恩旭到政府工作，接触过几次，见其对人和善，知其在知识分子如云的群体成长为领导的原因了。

卫生局局长苗云，小巧玲珑，做事干净利索，我在昆明住院期间，她还专门去医院看我，平时对我的工作支持很大。她的爱情故事颇有味道。听人说，她在大学过生日时，被男友的一捧野花而打动，我向她求证，她哈哈大笑。

边疆女人，各有千秋，但保持着那份纯真，还是让人动容。所有原生态的细节，都让人感动。可惜在大城市这些都很少看到了，我回来见到的女人，大多戴一层面罩，让我很失望。

（2019年1月20日星期日于北京光大花园）

老师的细节

大半生经历过很多老师，也做过别人的老师。最感动的是老师的细节，有些老师之所以让人难忘，不一定因为他教学好；有些老师之所以让人尊重，不仅仅在于他有多高大的形象。很多温暖人的细节，回忆起来，即使在寒冷的冬天，都会让人感觉到温暖。

刘大椿是我读博士时的导师，这位恩师很多细节让我感动。譬如我每次去恩师家拜望，恩师都会送我到电梯口，等电梯闭了，电梯里还能挤进老师的声音。恩师去边疆看我，被组织部部长拉去讲课，本可以坐着讲，他却整整站了两个半小时，他可是七十多岁的老人了。老师的风范，就体现在这些被人看似微不足道的细节上面。

中学语文老师王老师，姑且不说他的名字了吧！记得有一年冬天的傍晚，我从地瓜窖子里取出地瓜给他送去，他却坚决不收，并说我在考试时作弊，他很失望，也很伤心。他把我一腔对老师的爱，当作为自己辩解的砝码。这一细节，我至今记忆犹新。记得我当时是一路哭着，一路把地瓜背回家的。此后，无论在任何岗位，遇到怎样的误解，我都不去辩解。且看，且听，且感受这人间的一切。有的人在误解我中高升了，有的人在误解我中死亡了。世界依然平静，我从忍耐中学会了平静生活。

硕士生导师王渭明老师对我很好。因为是函授生，每次到青岛去听课，王老师和师母总会陪我一两天。一起游玩，一起讨论生活的变化。与王老师在一起，身心快乐，大地也快乐。

每逢节日，总要给帮助过我的老师们打电话，无论走到哪里，这些老师都是牵挂。老师为人做事的细节，都会映现在脑海里。在铁路工程队工作时，有位老师傅待我很好，有人送他稀罕东西，自己舍不得吃，偷偷藏起来，留给我吃；批评我时像对待自己的孩子。和硕士生、博士生导师比起来，这些几乎没有多少文化的师傅，教给我的是原始的爱，民间的朴实。有时想起他们来，有一种想哭的冲动。

我后来也做老师了。有的学生待我比我对待老师还好。其中有个学生，辗转了很多地方，但他经常把自己的工作所得、生活收获告诉我，让我感觉这个学生犹如在我身边。我注意发现学生身上的细节，也喜欢在细节中尊重学生。譬如学生的爱好、学生的想法、学生的自尊、学生的选择。后来在北京建筑大学做校外导师，对学生要求严了一些，但我从心里渴望这些学生，能感受到老师的良苦用心。

经常参加一些学校的论坛，发现有些老师无论是言行做派还是学术品质，已经没有老师的样子了，更从心底里感到幸运，幸运这一生遇到的更多的是好老师，我也力争让自己做一位好老师，一位懂得把握细节，用细节感染学生的老师。毕竟，这个社会，需要闪光的细节，尽管有些细节只可意会，不可言传，但很多细节会给学生注入一生的动力。

（2019 年 1 月 24 日星期四于北京游燕斋）

冬寒灯暖

冬天的床头，我不喜欢荧光灯，还是白炽灯好，光如日光，温暖。

睡沙发床，床头外侧有灯柱，灯柱上是可以游动的触摸灯，拍三下，一下比一下亮；再拍三下，灯就全部暗下去了。

半夜，灯不知怎么就砸在了鼻梁上，我的鼻梁本身就塌，很疼，我不敢看，鼻子砸塌了，我就没法出门了。

摸摸，没有塌，好像肿起来了。

人活着就有很多担心，考虑不到那些温暖的事物会伤害到你，恰恰就伤害了。

于是，冥冥之中想很多偶然中的风险。有些风险是很可怕的。那时在火车线上施工，眼看着一溜儿民工，被奔驰的火车裹挟了去，而我们刚才谈笑的声音还没有消失；一位故乡的老人，不过去厕所里出恭，忽然五官出血；在泰山顶上，我沿着巨石攀登，回望却无法再回去，只好硬着头皮一路上爬，一直爬到后山，才能战战兢兢下去；有一次给铁道部部长带路，提前看了十几遍，最后鬼使神差，还是带到没有路的地方去了，好在天无绝人之路，田地那边就是一条大路，我的老天爷啊；在边疆，有一次，我一个人开车沿着一条宽阔的道路走，走着走着，却没有路了，下来看，已开到了悬崖。本来宽阔的路，怎么一下子没有了延伸？多亏我长了一个心眼，下车去看。一瞧，几十米下，宽而湍急的河流，我的车可不是旱路水路两用的，真开下去，我就可能喂鱼了；还有一次，在北京城，错把刹车当成了油门，眼看着撞上了人家的车屁股，人虽没事，车和心一起像鼻梁一样塌了下去。生活中的风险，有些变成了警示，有些变成了危险。不光我学会了对风险的熟视无睹，一位习惯里毫无挂碍的朋友，在路过北京某大街时，新买的鞋，被街边半截带刺的钢管划个通透，一上午坏心情。

庆幸我的鼻梁没有被砸塌，假如砸塌了，那会怎样？当肿痛散去，我还是我吗？或许因为我的鼻子塌下去，会被外人认为我是和别人打架，被人一拳抡下去的，不会有人听我解释；就像一个鼻青脸肿的人，外人总以为是他的爱人打的，而只有他自己知道是喝醉酒碰壁碰的。生活的真相，会遮蔽在假象之中，我们宁愿猜测成真相中的假象。

那台悬在头顶的冬日台灯，我最终没有移开。

我需要一只这样的灯，夜晚就近看书，半夜起来小解，寒风中靠它获取一点温度。冬寒，需要灯暖，类似砸塌鼻梁的风险即使还有，也许有抵抗力了吧？

我疑惑地看看周围，周围都是温柔的眼睛，没有一个事物是要害你的样子，我摸摸竖立的树化玉的头，仰望头顶的吊灯，长满刺的花，身边的每一个景物，似乎都暗藏着杀机。一位大四女生，眼看着要毕业了，站立在地板上穿棉裤，呱唧摔倒在地，头就撞在床杆上，顷刻毙命。死于非命的人，都有各式各样巧合的原因，就像寿终正寝的人，各有各自妙合的幸福一样。幸福的家庭，未必都是相似的；不幸的家庭；倒是有着同样的情绪。

我在冬天，灯暖夜寒。

这就够了，一切不去想它。有些事想也没用。就看着那一束灯光，就凑近了看书，就感受那一丝温暖。

人，其实无法靠预测生活。本来打算去奔赴欢宴的，鼻梁被砸，又不是很肿，哪里也不能去了……省得给人揣度的空间。这个冬天，还是床头的灯，温暖些吧！

（2019 年 1 月 25 日星期五于北京光大花园）

絮叨女人的作用

年轻时，最看不惯一个女人哭哭啼啼，几个女人围过去，絮絮叨叨，有些烦人；到老了，看《道德情操论》，才知道这是人的美德：同情。

女人的同情，事实上是和絮叨分不开的。在北京，我喜欢站在路边观察世人。有几次，看到乞丐，过往的男人们都走了，唯有女人们会停下脚步，或从包里掏钱给乞丐，或变戏法一样送给乞丐吃的，有的还会擦眼抹泪。遇到这种情形，乞丐一定会被感动。女人是喜欢施舍同情的动物，不仅仅缘于她的母性，可能还缘于她的瘦弱。一个同情别人的女人，之所以发展成泼妇或杀人犯，要么是她的同情得不到别人的回应，要么是得到了相反的回应。正如一个女人疼爱自己的丈夫，更多地是同情的成分，扮演着母亲、恋人或抚慰者的角色，而一旦丈夫变心，特别是小三涉入，女人的同情心立马转变成它的反面，这道理，并不难理解。

为什么女人喜欢把同情融入絮叨的话语里？这是因为絮叨里有战略战术。貌似絮叨，其实从中可以唠唠嗑，家长里短就出来了，悲伤的原因就出来了，世间的凄苦就出来了，所受的委屈就出来了，捶打的伤口就展现了。女人一边絮叨，一边倾诉自己的情感，所以很多威武如山的男人，经不住女人的三句甜言蜜语，这就是女人絮叨的力量。絮叨里装着同情，同情一个人，就会放倒一个人，这是千古铁律。再大的关隘，难不住英雄；樱桃小口，则就可以轻而易举地将英雄吹倒在地，这里面有学问。

村庄女人的絮叨，起着民间平衡器的作用，上升到学术话语，就是民间伦理的作用。这些絮叨，有时传播着乡间新闻，有时臧否着民间不平，有时安慰着乡村委屈者。因为有同情的成分在里面，乡间女人的絮叨，比蒲公英的种子还有生命力。

城里女人的絮叨，虽然没有乡间絮叨那么低端，却照样可以发挥民妇絮叨的作用。城里传播的渠道多，城里富有同情心的女人多，而喜欢絮叨的城里女人，不少拥有高学历、高职位、高声道。所以在不少新媒体领域，你可以听到一些靓丽的女人在表演，她们包装了絮叨，传递着冷漠城市的一丝温暖。更多时间，我在倾听这些女人的声音。女人天性敏感，当男人还不知道寒潮抵达的时候，她们已经开始准备过冬的棉衣了。而城里的女人则喜欢把这种信息理性化起来，变成普世的同情，所以，城市女人的絮叨，无论是低俗的，还是高雅的，都还是值得一听二想三享受的。

女人的絮叨，是冲破黎明前的黑暗，表现力尽管晦暗，但接触到其中的内核，你会赞美女人。因为这个世界变得越来越冷了，在一个缺少水果香味的沙漠上，倘若你获得了一只柚子，哪怕皮再厚，你都会勤勤恳恳地剥开，直到吃上里面的果肉。

女人的絮叨，就是那沙漠里的柚子，有味、解渴，暗含期待。

（2019 年 1 月 26 日星期六于北京光大花园）

挂友聚会

最早对"挂"字感兴趣是读到一位多情的艺术家的传奇故事，作者很调皮，叙说这位艺术家一生阅人无数，喜欢在美女圈里混，娶了数个女人为妻，最后一句话是这样说艺术家的："这一年他（艺术家）八十六岁，要娶四十三岁的某某为妻，可惜这一年他（艺术家）挂了！"全文戛然而止，行文干净不留痕迹，却又意味无穷。因为笔者笔力的老道，这篇文章的脉络，至今记忆犹新。这是我第一次对"挂"字感兴趣，不过此"挂"含有"死去、离去"之意，和挂钩的"挂"，挂职的"挂"不是一个意思。不曾想，我也与"挂"字有了关系，去云南挂职一年。

挂职挂职，言外之意，不是正式任职。挂职之人，属两栖动物，一则人事工资关系在原单位，另则在新地方负责一宗事务。挂友则是一批或一类、一地、一起挂职的朋友。我是第十八批博士服务团到边疆去挂职的，像这类挂职的朋友，上承往届，下传新人，统称"挂友"。每一届挂友，从最初的几十人，到现在的每届几百人，阵容逐渐庞大。挂友们除了在奔赴新地之前要集中培训外，中间最多有一次集中调研，互相碰面的机会，挂职期间，几乎很少集聚在一起。挂友聚会，多是在挂职结束之后。犹如战友相聚，好像毕业后重逢，又像下乡知青一起回忆往事。所以，挂友聚会，有说不完的悄悄话，叙不完的挂友情。

挂友聚会，让你想起古时那些进城赶考的秀才，虽然大家平时各处一地，但对学问的向往，及第的期盼，未来的渴望，都怀揣着一丝梦想和对别人的朦胧探寻。大家互相之间，絮絮叨叨，陈述着挂职往事，嗟叹着岁月流逝，小圈子就有了大情调。有文人的酸，也有支边者的苦，更有收获的喜悦交流。

受美女挂友J博士的邀请，参加了一次挂友聚会，这次聚会，来了几届挂友，交流起来，妙趣横生。L君原在中央某部委，老帅锅一枚，谈话纵横天下，说事痛陈感受。说他去西南某省挂职，组织上给他配了一位女胖秘书，每有挂友到访，必要求亲眼见此胖女秘书。L君被聚会诸君再次问及胖女秘书近况，哈哈大笑，诸位挂友兴奋之余，十分感谢组织对他的照顾和谨慎，羡慕之语有加。L君说，挂友与其说是去看他，不如说是为了胖女秘书而去。宴会上，众挂友凭各自的想象，分别对L君的"幸运"予以褒贬之能事。当下，领导配秘书，已属罕见；挂职领导能配秘书，也属凤毛麟角，而且能配女秘书，且是让人有无限想象的空间的女秘书，定会让大家徒生无限谈资。嬉笑之中，其实显示着挂职之苦。这些挂友，因为有了真切的挂职经历，自然谈及边疆诸省对人才尊重的厚薄、官场生态的好坏、经济发展的优劣。各自有各自的收获，各自有各自的委屈。挂职作为一份经历，的确很好；挂职，收获了挂友，让挂友们余生有所寄托，"纵使你一无所有，毕竟有一帮挂友"，有了更多共鸣者，这是让挂友快乐的感受。

与挂友Y君聚会，他说起几位挂友，已经留任西藏了，还有我一位山东老乡。有个挂友到新疆挂职，爱人多种担心（甚至担心丈夫出轨），干脆申请也去新疆支教了；有的挂友在边疆挂职，回京后记忆力下降，单位里见到熟人，竟然记不住人家的名字了；还有一位挂友，挂职期间罹患癌症，抛下年轻的妻子和两个可爱的宝贝走了……挂友之间的故事，说起来都是泪啊！可这些故事，有的是私密话题，有的难登大雅之堂。挂友聚会，则能说说这些体贴话，真好！有一位在部领导身边工作的处长兄弟，外地挂职刚回，聚会中途，起身向诸位参宴者申请退席，原来他要去加班。他慨叹，在边疆工作相对轻松，蓝天、白云天天相伴，回到北京，白天雾霾追踪，夜晚领导催稿，每天加班到深夜，惶惶不可终日啊！大家面面相觑，有人直言要给他配一个像 L 君拥有的女胖秘书，他连连摆手，举座之人，哈哈大笑。

　　从此，在京城又多了一趣：挂友相聚。我总会提前准备，多带几种书前去，分别赠送不同的挂友。有一挂友，建议我为挂友写一本书。特别是 L 君挂友，要让我写一本《挂职红娘》，嘱咐我一定要把挂职博士们对边疆的支持与贡献收罗齐全，好教育社会。我说这创意不错，但书名太差。不如《京城瘦博士与边疆胖秘书的故事》好卖，赴宴者无不欢呼雀跃。席间，说起当年一博士挂友，西装革履去做讲座，讲毕，有人好意要其搭乘轿车而去，西装革履博士说有挂友来接，没曾想，挂友骑自行车来接，让西装革履博士大跌眼镜，一脸尴尬。他的故事，又惊起席间一阵大笑。

　　有嬉笑怒骂皆成生活的志趣，有边疆各类艰苦生活的阅历，有挂友间戏耍逗乐的聪明，挂友的心态变得更加丰富，回到北京城，生活会更有味道，心理承受能力会更加强大。

　　挂友的"挂"，毕竟和那位艺术家的"挂"多有不同，信然。

（2019 年 1 月 28 日星期一于北京光大花园）

盲姐姐

　　盲姐姐是堂姐，堂姐小时候发高烧，火攻眼，双目失明了。盲了半辈子，刚工作那一年，我发誓要给姐姐换一副好眼睛，但向医生描述情况后，医生摇头说，这基本不可能了。我十五岁离开家乡，在家乡的那十五年，最快乐的时光就是和盲姐姐在一起度过的。

　　大爷家住村西头，我家住村北，村子大，要走很远才能到姐姐家。只有周末，我才能见到姐姐。姐姐的双眼珠，骨碌碌地转，她看不着我，凭我的声音寻觅我所在方位，走路一蹦一蹦的，满脸都是笑。周末，也是姐姐最快乐的时候，姐姐会拉着我的手，问我学校里这个，学校里那个，我就教姐姐唱歌。姐姐大我三岁，属虎。如果姐姐的眼睛是光亮的，就可以和我一起在学校里读书了，但是姐姐没有机会享受到读书的幸福。记得快要离开山乡的那两年，乡村集市上有好多说书的，"说书人的嘴，唱戏人的腿"，我把听来的古书故事，讲述给姐姐听，姐姐听后直拍巴掌。

　　夜晚，我看着天上的星星和月亮，给姐姐解释，说月亮上有什么，星星上有什么，都是编的故事，姐姐也频频点头；有时恶作剧，和姐姐玩捉迷藏，虽然可以一时糊弄姐姐，但最终总会被姐姐捉到。姐姐的聪慧，活活就被一双眼睛遮蔽了。大爷走街串巷去理发，总会给姐姐买一些好吃的，姐姐就偷偷藏起来，舍不得吃。周六下午放学后，我会从姐姐手里接过好吃的，狼吞虎咽。姐姐听到我吃美食的声音，笑着鼓励我要多吃。每次见到姐姐，姐姐都会变戏法一样拿出许多好吃的，让我饱餐一顿。那时候物质缺乏，对农村孩子来说，能有煎饼、咸菜果腹，已经不错，不要奢望能吃到更多的美食，所以姐姐在我的童年，简直如福神一样。特别到了春天缺粮的时光，能吃上煎饼已经很不容易了。大爷理发，会有一点活钱，堂哥要去生产队劳动，留下姐姐一个人，在家里孤独地听小喇叭。小喇叭有一根电线入地，有时要浇水，才能听得清晰，给它浇水，会被电线麻一下，姐姐不怕麻，经常给电线浇水，浇过水的电线，就能给姐姐带来外面的声音。对姐姐而言，这声音是最美好的关爱。那时，供销社炼猪油，炼油剩下的油渣，做成肉松，还会带着肉的余香，吃起来馋掉舌头。我至今还保持着吃肉松的习惯，这里面藏着姐姐爱怜弟弟的味道。故乡叫这种肉松为"褶拉子"。如偶尔在家遇上夫人炼油，就会让她留一点"褶拉子"，这里面藏着童年的乐趣，有姐姐对弟弟关心的细腻在里面。

我出去工作后的第二年，姐姐出嫁了，嫁给了一个双目失明的盲人。在罗庄一代，姐夫是远近闻名的算命先生。有一次见到他，我故意刁难他，姐夫也不气不恼，最后算出的命，都给人以微光般的希望。也许正是这样的微光，照亮了不少期盼中的贫民平常的生活，也给姐夫一家的生计带来希望。困难时期的人们，过多寄希望于算命；而当下人们的生活好了，姐夫的算命经，也就不灵了。有时姐夫算命回来，买盒罐头给姐姐吃，半夜拿小钢锯拉午餐肉盒子，公公婆婆听到了问什么声音？姐夫机灵回答说老鼠咬东西。静寂一会，再拿那锯子继续锯罐头盒子，姐姐就可以吃到喷香的午餐肉了。姐姐和姐夫半辈子恩爱有加，让常人羡慕，他俩一共有四个孩子，个个孝顺。

　　春节前，我从瑞丽挂职回来，收到瑞丽快递的电话，说有快递邮寄到了瑞丽。一问才知是姐姐邮寄的；等快递转运到北京时，两大包煎饼已经长毛，不能再吃了；但芝麻盐和花生米，还散发着故乡的味道。夫人打开它们，将它们摊开在餐桌上，当时我要去参加挂友的聚餐，怕夫人看到我眼中的泪，扭头就走。随风而行的一路，姐姐变成了成串的眼泪。

　　我一直在想着，盲姐姐心里其实亮堂得很，从小到大，她的心里，一直装着弟弟，好像看着弟弟的一切，而我吃着姐姐的爱而长大，我回报给姐姐的又有什么？

　　想着盲姐姐，感觉有这样一个盲姐姐，真好！世间的亲情，不会因眼睛的迷失而抹掉，我祝福我的盲姐姐，余生每一天都过得幸福！

　　　　　　　　　　　（2019 年 1 月 30 日星期三于北京光大花园）

听风

　　我在翠城的房子，离铁路远，离公路远，离闹市也远；从京西到京东，好像从城市走到了乡下，这里一切都是寂静的，唯有风，一年四季，总喜欢闹个动静。

　　我想起在瑞丽的日子，整年感受不到风的影子，感觉一切都在温润着，温润成一潭水，温润成一方天，温润出当地人平静的笑容。那时，就想北方的风，北京的风，吹鸟巢的风，在电线上游走的风，刮得我飞跑的风。

　　冬天，是最容易让人感受温暖的季节，大地上的一切，似乎都萎缩起来。唯有风，在大地上肆虐；穿着厚厚的大衣，行走在上班路上，昨夜的霜，闪着亮光；这是冬天的风，钻脖子的风，围着脖子转一圈，嗓子都会感觉到凉意；绕着脚脖子缠一遭，感觉两只脚就要交还大地了。北方的风，是来自亘古的风，带着历史的风力，每一年，都会让你在凌厉中感受自然的味道。曾经百风者，也不敢小觑这一冬的风吹。夏风的狂烈，被热风中和了；冬天的风，却被寒冷捧着，捧成至高无上的神，这神不是虚无，它碰到电线，会嘘出哨音；碰着过道，会窜成巨流；碰到夜晚，会使黑暗更加恐怖。黑风，寒成最无情的烈物，在大地上旋舞，在高空中激荡。

我在翠城，没有开暖气，相对于外面的冷，我已十分感谢这一屋子的暖和；我躺在床上，不敢开窗，窗子外面是一阵紧一阵的风声，风声凄厉，风声一阵高过一阵，风声不顾我的恐惧，在无尽的天外，急切切飞来，又慌促着遁去。我听到风内心深处对着世界的那份不耐烦，它把墙刮皱了脸，它把电线吹细了皮，它让飞鸟躲进巢穴，它让行人裹紧了衣衫。

越发回忆起瑞丽的无风之日，少风之暖。怎么也想不到世界上竟然有无风的地方存在，风不吹，树就不摇，万物滋润而天空依旧坦荡爽朗。而北方不行，春有暖风，夏有热风，秋有爽风，冬有寒风。风是一年四季的主宰。我在元月份抵达北京，去年这个时刻，我在瑞丽参加当地年复一年的会议，瑞丽无风而潮，因潮而袭弱躯，有几天，我腰疼得很，以至到不能直立的地步。瑞丽人已经习惯了当地的湿气，而我作为北方人，本是习惯于在风中生存的动物，我去让医生做身体调整，医生说："你不要慌，多按摩几次就好了，许多北方人适应不了这里的湿气，来到就腰疼，你这算轻的。"医生那句话，让我一愣：莫非北方的风，有它存在的天理？

此刻，我一个人躲在家里，听风声，盼雨雪。北方的风，刮多了，身上会起皮，口唇会干燥，人心情也会变得糟糕起来。在北方的冬天，雪是风的爱神，有雪出现，风就老实了，世界就平静了，听着窗外凌厉的风，无脚奔跑，我渴望上天，快给大地抛洒雪花，把风的脚给缠住……

那雪花，真的个"好"字了得！是神性的境界，是实在的世界。一片又一片，不紧不慢，如瑞丽的空气般，飘落、游荡在你的周围。大地上，开始落下一层羞涩的雪白，又铺垫上一层善解人意轻轻的雪白，等雪儿积聚到一定深度，风儿最终就无可奈何地停了。风也怕雪的那份高雅，雪满天地间的当口，风儿躲到墙角去晒太阳去了，这时，你会感觉，做一个北方人真好！顽劣与平静的对峙，你都会感受到它们深含不同的美意，而这美，会构成你内心深处的另一种回应。

此刻，只有风，前赴后继的风，肆无忌惮的风，无头无脑的风，各种猜测的风，躲在暗处发出讥笑的风，主宰着这个世界。它们，辗转在墙角，悬挂在电线上，发出凄厉的、不可一世的声音，我躺在床上，不知不觉就进入了梦乡。北方的寒冷，更容易让人珍惜温暖的情谊！外面的冷，才感觉屋子里的温暖。瑞丽无风，这种对比度就不强烈。

（2019 年 1 月 31 日星期四于北京光大花园）

名作家的慢性子

　　买了一套《汪曾祺全集》，读汪先生 20 世纪 40 年代在西南联大的文章知晓，作家的灵魂是带脚的，老作家晚年作品的意蕴，可以从他早年的语言风格里捕捉到。对汪曾祺老先生的喜欢，是那种超然物外的喜欢，禅意无限的喜欢，慢条斯理的喜欢。汪老先生写文章，和一些学院派教授文风不同，他喜欢悠悠地来，像蚕儿吐丝，不紧不慢，不温不火。如拉家常，如叙陈年往事。如在火塘边推心置腹，如多年故交相遇促膝长谈。读他的文字，多短句，少长言；多琐事，少高大上；多润地之水，少水上漂的浮萍。喜欢这样的文字，因为它们能流到心里。好像先生一手拈着五香豆，一手在写文章。汪先生的文章有家常臭豆腐的味道，也有太阳的香味，五香豆的口感。这样的一位作家，写生活事，处处精彩；言身边人，个个光彩。我没有其他作家幸运，曾亲眼接触过汪先生本人，但每读其书，倍感温暖。汪先生的文风，绵软悠长，是我的至爱。喜欢这样的作家，把文字当作芝麻粒，他就是晃香油的人。汪先生有耐心，有慢工出细活的耐心。他到农村去参加劳动，给马铃薯打药，也能精细到让叶子的正反面都打上；为马铃薯画素描，比对一个人画素描还认真。这样的作家，这样的心境，不出好作品才怪。

我不喜欢好多报告文学作家的装腔作势，把一个本来无味的东西拉高、拔长、说大话，上升到无以复加的意义高度，过几年再回望这样的作品，只能让我们作呕，和汪先生的作品相比，这样的作家其实缺少慢性子，缺少翡翠艺术家的那份精雕细琢。作家需要细功夫，任何的偷懒耍滑，都不会带来好的回应。

我不光喜欢汪曾祺老先生的作品，王鼎钧老先生的散文我也喜欢。王鼎钧先生我也没当面见过，但他的视频看过几个，还曾与老先生通过两次电话，老先生的慢条斯理，让我想起老私塾先生的字正腔圆的诗经朗诵。读王鼎钧先生的书，那真是一种享受。谈文学，引经据典而不鄙时事；讲做人，学贯中西，娓娓道来。老先生驾驭文字的能力超强，他的文字是清风下的禅者，雪地上的红灯笼，给人眼前放亮的感觉。我收集了他的历史多本著作，每一本都精心阅读过，深得老先生慢说天下的韵味。王鼎钧老先生是我故乡兰陵的骄傲，老人的做人做文不是一般人所学得了的；王老先生的文字和汪老先生的文字，虽都有一个慢字，但二者的风格不同。汪老先生水性十足，王老先生土味十足。两位先生故乡相距不远，也属于同时代人，汪先生是学院派，王先生则有军旅生涯做铺垫，底蕴不同，经历不同，而对世界的看法也不同。二人都慢，所形成的文字，慢的风格不一样。

急切之文，没有几篇是能经受住时间考验的，汪曾祺老先生的慢文字，是字斟句酌的结果；王老先生的文字经过时间的淘洗和多种宗教的熏陶又有了另外一种味道。同样是慢，一个慢中有故事；一个慢中见筋骨。不同于贾平凹先生的慢，他的慢有种调侃，像他的字，透着一种怪味。

我喜欢慢作家的真精品，喜欢读慢作家的真语言。无论古今中外，那些用慢心思考的作家都会让我着迷，这也许因为自己生就的急性子，需要慢作家来滋养。这些慢性子的名作家之所以有名，就在于他们对待文字的态度，犹如对待一个自己生养的孩子，出门前，精心打扮自己的孩子，呈现给世人的自然是稀世珍品。

这个冬天，在慢作家的慢文章里，感受到文火一样的暖，是到内心深处的暖，它会让你忘记冬天的冷和生活里的寒。感谢汪老先生一样的慢作家，始终相伴。

（2019年2月1日星期五于北京光大花园）

朋友

除夕这天，收到祝福的信息最多。四面八方的朋友，甚而多年不联系的朋友，不断地发来信息。年，真是个好东西。在故乡，每逢过年，如大人之间，过去一年有裂隙，两家孩子们互相拜个年，就会冰释前嫌，万事大吉了；在城市，微信一发，对曾生过节的人而言，也是一种调和的方式。过年想想朋友，看看过去，也算品咂一下生活的味道。

走着走着，许多生活中的人就开始走散了；过去的好朋友，一个个离去了。我十分羡慕那些在故乡工作的同学，一辈子身边只有几个粘连在一起的朋友，纵使整天骂得不可开交，也不离不弃。到老了，还会你敬我爱，肉烂在锅里，越炖越香。不像我，走的地方多，过客多，不断交朋友，又不断失去朋友，像狗熊掰棒子，掰一路掉一路。这是无奈还是工作使然？真不好说。

岁月是车轱辘，走着走着，轮胎磨秃了，地上的痕迹就少了。少时的伙伴，一天不见如隔三秋，那份腻歪，现在想起来都是一种幸福；等到工作了，青年的热血还有，同道之间的摩拳擦掌、互相砥砺的劲头还在，而人一到中年，似乎就像一块铁扔到了水里，内心或许是热的，但表面已经冷了。再也不像少年时代黏着朋友，更不像青年时代一样血气方刚。酒场上的话语，就少了热血质，多了城府和世故，朋友之间的交往不再是一拍即合，而是冷静下的互相试探，推进中的互相检验。是世界变了，还是人的心情变了？

从山东到广州，从广州再到北京，再从北京飞到边关，飞的距离越远，内心的冷漠就会越多。在机场，看到青年男女相拥而泣，不再好奇，不再评点，甚而懒得去看一眼。年龄增长，会为情感日渐镀上一层层厚膜，让你猜不透里面的颜色。遇到纯粹的人，也不往纯粹那方面去想了，时常伤了人家的心，如此看，人是悲哀的动物。

这些年，人像走马灯一样的来，又像走马灯一样的去了。潮水卷来又卷去，岁月已埋藏在增多的白发里。昨日，我把我扔进记忆深处，去想那些童年的朋友、青年时的同道，中年时的过往，而所有的曾称为朋友的人，有的成了一段历史，有的成了瞬间的记忆，有的成了一个笑话，有的最终只停格在一张合影照片上……或许，我太习惯于以阅读的姿势审视朋友了，有的朋友相交一段时间，再也没有相遇；有的朋友断然成了路人；有的朋友则在遥远的地方默默祝福我的存在，还有的朋友成为追忆的往日情趣……生活教会了我依靠忘记减除痛苦，也教会了以幸福地回忆过往来面对困难。朋友，有时是一堵墙，有时又是助你前行的力量。不在朋友的宽慰中起航，就在朋友的溺爱中抛锚。我数点了一遍又一遍，身边的朋友，竟然没有一位是我执意要挽留的人，或许我是一位更适合坐禅悟道的人。手捻佛珠，回忆生命中的男女朋友，也是自然赠予我的造化。

我不知道朋友想我的心情到底如何，是否像我一样，此刻，静坐在城市最寂静的深处，平静地想他，岁月催人老啊，而朋友会让岁月暂停飞快的脚步……

（2019 年 2 月 4 日星期一于北京光大花园）

天上飞满过年话

中国人过春节图个热闹，这热闹不光是好吃好喝，还有好话听。晚辈人给老人磕头请安，祝福老人长命百岁，老人笑歪了胡子；年老的给年轻人红包，夸奖孩子聪明，来年一定学业有成，孩子们笑逐颜开。这是一个全民高兴的节日，吃得好、喝得好、笑得好，玩得好，做梦也做得好，你说谁不喜欢？

我不回故乡的原因有三：一是父母已走，故乡就不是家了；二则故乡酒风太盛，山东人喝酒，不把你喝服气，誓不罢休，酒桌上说一些够不着天捞不着地的话；三则是磕头习俗依旧，村子大，一家磕不到，就被人家怀疑良心大大地坏了。那就干脆留在北京吧，今年破例，还难得看了一点春晚的片段，那位大家都熟悉我却叫不上名字来的魔术师，拿着一把神壶来回走动，忽悠着观众，事后才知道耍的是中间换壶的游戏，这种智商还来坑蒙拐骗全国人民，真不知央视的导演怎么想的，还不如改成换壶小品，比这种演法效果好。

只要打开手机，想清静一会，那基本上是不可能的。拜年的，你方打罢我才来，一个接着一个，我成了被动的小学生，被动地听对方的祝福，然后在被动地祝福别人；短信和微信，此起彼伏，供大于求。我承认，自己的情商低于智商（其实智商也有问题），我不知道突然之间，在这个春节，就拥有了那么多朋友，像不同的军队，排布着各种方阵，雄赳赳气昂昂地涌来；去微信群里抢一点红包，比央视宣传的中奖概率是要大一些，零星地抢了十几个红包，也就不过几十元，却好像买到了一抱寂寞回来；祝福我的人，与其说是在祝福我，不如说他在祝福他自己，经商的，要我"日进斗金、财源广进"；做官的，说我"日日晋爵，年年提升"；做学问的说我"天天发核心期刊，月月有丰硕收成"；爱旅游的说我"跑遍名山大川，看完世界美景"；爱摄影的就说"拍完世界上的鸟，摄完大地上的花"……唉，我真是醉了，没喝酒就醉了。

这春节的欢乐，的确是全民的节日，你是全民的一分子，想躲就能躲得了？我被动地应付，先给第一百个发来信息的人，认真回复"祝福"二字，再给向我贺年的第二百个朋友认真发去一个"好"字，我不想复制任何人的一段话去应付别人，就是"祝福"和"好"字我都是一个人打的，要不人家怎么会说我这个人死性？！最后两眼看花了，两手打累了，睡一觉继续发。天南地北的朋友们，我真应付不了。不回，对不住朋友；回了，又不知道说些什么是好。我都不知道应该祝福自己什么，我怎么去祝福人家什么？就这样快马加鞭噼里啪啦地忙碌了一天一夜，临近初一这天黄昏，还有很多应该回复的信息没有回复出去。给恩师电话拜年时，已是午后时分。北京今年不允许放鞭炮，好像少了一点年的热闹味道，可回复微信和手机信息，让我比平时还累，我的双眼皮慢慢开始打架，直想痛快地睡一觉。

年就这样过了。我跟有限的几个人拜了年，而向更多人保持了沉默，我不想打扰任何人，就像自己喜欢平静一样。对更多人而言，他们无论作为领导还是长辈，无论作为红颜还是伟人，并不缺少各路人马的拜年，缺少的或许就是那一份寂静。

我在北京，没能躲避属于万民的中国春节的狂欢，却也没能激起更多响应的兴致。祝福的成分里太多个人的想象和猜测，不一定符合被祝愿者的意愿，这样的时刻，关闭手机或许是最明智的选择。此刻，心底的真实愿望是——去找一个优雅的人说说知心话，然后美美地睡上一觉，等待又一个平凡而又理性的黎明的到来。

（2019年2月5日星期二于北京光大花园）

牡丹

　　在北方，冬天一到，万物萧瑟，去田野里，鸟儿的叫声都是凄厉的。如若这时，你从温暖如春的地方赶到北京，所见的景物落差大，就希望多见到一点绿色植物。北京的冬天，因为室外的植物落了叶子，皇城的趣味就去了一大半。好在屋内如春，人情如故。偏偏回到北京，我就不愿意出门了。有邀请的朋友，推三阻四，最终还是喜欢猫在家里；这几年多少有了一些学生，赶上这个春节从瑞丽回来，学生们有来看我的，十之八九被我拒绝了，不是我不想见他们，实在是北京太冷，让孩子们瑟缩着身子打的来看我，实在是一种罪过。不过，还是有个例外，徒弟袁振华要来看我，我是满口答应下来，说来有些话长了。

　　认识袁振华应该在2004年的样子，那时他刚大学毕业，我在京沪高铁济南指挥部任工程师，小伙子人很聪慧，干活又卖力，周围的同事都很喜欢。当时他是来帮忙踏勘的，时间一长，同事们希望他留下来，那时，我是执意劝他留下的人之一。我喜欢干工作脚踏实地的人。小袁做事认真，说话又没有狂言大语，平时跟我一起工作，对他教育就多了一些。一来二去，就收为徒弟。虽然没经过单位签署什么师徒协议，但双方达成了默契，我愿意倾心相教，小袁愿意诚恳就学，师徒情谊就这么形成了。以后我离开高铁，再到广州，又从广州回到北京，又从北京飞到外地，如此多番周折，小袁都会情深意笃地对待我。有时一个短信，有时一个电话，逢年过节，师徒相聚，把酒言欢，品尝人间之乐。逝去的是时光，加深的是师徒之情。每次他来看我，我俩都会合影留念。小袁一米八几的大高个子，他站着，又矬又胖的我坐着，扮出师徒相，也有一番情趣。

小袁是菏泽东明人，靠近黄河，有黄河的气魄；我在菏泽那个地方待过几年，当地的牡丹出名，每逢春天，要开牡丹花会，国内国外的游客会来很多；牡丹花开红似火，我喜欢欣赏牡丹，在牡丹花园里徜徉良久，在修京九线时，每年春天，都会和菏泽当地的画家和作家，吟诵诗歌，欣赏画作。菏泽牡丹的美妙，是说不出来的国色天香，只感到它的好来自大地，来自人心，来自鲁西南那一方独特的文化领域。

后来离开菏泽到外地施工，再到后来离开山东到外地，见到其他的花总会想到牡丹。在我挂职的瑞丽市，这里的三角梅被选为州花，我感到不可思议。三角梅在缅甸被称为只开花不结果的鬼花，相邻国度的人们应该顾及花的品性，不知道是哪些专家把这种花当作州花。作为地方文化的象征，市花象征着一种标志，或者带有深刻的文化内涵。三角梅难以作为德宏州的代表。这里的气候滋润了那么多有特色的花朵，选三角梅就是因为它一年四季都在盛开吗？我一直怀揣疑问，直至离开瑞丽还是想不通这个问题。

牡丹的华贵不是一两句就能形容得了的，历史上的文人雅士吟诵的太多，我就不再附庸风雅了；但今年听说小袁要给我送来两盆牡丹花，我顿觉心中欢畅。农业科技人员已经掌握了牡丹花开的控制技术，让在北方本来四五月份才能盛开的牡丹花，控制在春天前后就能开放了。小袁从他的家乡送来的这两盆牡丹花，花枝上颤动着很多花苞，在家没养几天，就渐次盛开。每开一朵，我都会兴致勃勃地拍照。

这个春节，因为有了这两盆花，就有了我更多畅想的故事，想起在京九线战斗的人和事，想起菏泽当地的文人雅士，想起和徒弟袁振华交往的岁月点滴，这两盆花就成了最好的载体。

喷壶里的水洒在它们身上，洒在盛开的花蕊上，牡丹不是红艳的那一种，有些发粉，像执意不去打扮的天然美女，在我所居住的室内，散发着芳香，因为有了这两盆牡丹，我的寒假生活好像有了好多寄托。牡丹花开，静而不妖，贵而不喧，它如空气一般自然而不可或缺，每天，看它几眼，就是最舒心地享受。特别在北京，牡丹的花和绿叶，简直就是向雾霾做斗争的英雄。

我喜欢这英雄，也从心底里感谢我的徒弟袁振华。

（2019 年 2 月 6 日星期三于北京光大花园）

第二辑 春洗

当我远离了土地

　　"泥腿子"这个词我喜欢，我记得二十岁读电视大学时，班主任毛老师叫过我"泥腿子"。我的确很土，那时我刚从农村里出来四年，还带着浓重的家乡口音，穿着十分乡土。我一生几乎都不喜欢打扮自己，到现在，也是随便穿一身衣服就出门，平时很少自己买衣服，不是单位发的衣服，就是亲人帮我买的。有几次参加宴会，皮鞋没擦就径直去了，朋友提醒我，鞋带子开了，他替我窘红了脸，我却一脸释然；有一次讲课，裤子前开门没拉上，有听课的同学指点我，我还以为他认为我课讲得不好，终因缺少悟性，下课后才知道有失体统了。这一类的不成体统，的确与农民习气有关，我在农村不过生活了十五年，但十五年养成的生活习惯，的确构成顽固的力量。少年学的犹如石上刻就的，是"生就的骨头长就的肉"，不好改，或者不愿去改。在边疆城市瑞丽，当地人很宽容，倒没有几个直接说我穿戴不讲究的，但总有同事、朋友在电梯里、会议室提醒我鞋带子开了。我倒是每次上班前，都会认真把裤子前开门检查几遍，牢牢拉上，生怕影响了政府形象。

从离开土地那一刻起，城里人的穿戴，就刻意避免和土打交道。衣服上沾一点灰土，就缺少斯文；鞋上沾满泥土，会被人称作"泥腿子"。我倒不是记三十年前班主任的挖苦之词，总感觉"泥腿子"根本不是对我的讽刺与挖苦，而是对我恰如其分的评价。"泥腿子"就是"泥腿子"，有什么不好？冬夜，我会一个人怀念农村里的麦穰（注：打麦子剩下的秸秆）垫炕，炕上是席，身体上盖的是粗布被面，被面里裹着的是自家种、夏天摘的棉花。在寒冷的夜晚，睡在这样的炕上，绵软、暖和。做梦都会梦见太阳，会梦见夏天在田野里摘棉花的情形，即使从床上掉到地上，也感觉踏实，因为床并不高。在乡下生存，整天呼吸着泥土的气息。城市是城与市的结合，代表着建筑与贸易的组合，这里，似乎不是属于大地的存在。而在广袤的农村，歇息在大地上的村庄，每到夜晚，四处弥漫着土地的气息，这是人与大地的和谐之音啊，人类享受着大地的馈赠，怎能厌恶土地的气息？我在瑞丽工作一年，犹如回到田野的野兽，拼命地在大地上奔跑，走街串巷，看最深处的瀑布，探最高远的山寨，就是嗅闻童年的气息，感受乡村田园泥土的味道。

我一直渴望拥有一套城市里的底层住宅，就是为了能拥有接地气的那一方天地。大地，是最好的智者，而自从人类上了楼，肉体脱离了大地之气的包围，从地面到高空，人看远了，气却薄了，人们之间也相互隔膜起来。我的故乡，是一个有着几千人居住的大村庄，大地上铺排着或大或小的石头房屋，但村北的一家绝不会不熟知村南的一家，而住在城里同一栋楼上的人们，彼此间好像生活在两个星球上，那份陌生的眼光，让我对这个城市感到恐惧。

或许是多年纵横在土木工程工地，我对伸长的铁路线路，还保持着一份豪情，而对房屋建筑特别是高层建筑则怀有一份敌视。火车能把人拉往远方，享受远处的风景，而楼房会把一个个生命个体格式化，让人们变成互相独立的人，弱化自己人性的温度。城市变成了冷漠的场所，城市的洁净是以失去泥土的朴素和温暖为代价的。

我在干净的高楼里享受现代化的设施，每天洗澡，希望冲去身上哪怕一丁点泥土，但在我的心里，却住着一大片泥土，长着茁壮的庄稼，驱动着我的眼睛在城市里寻找更多像我一样的"泥腿子"。我总感觉，我离不开那片真实的大地。或许这就是我的宿命吧！

（2019 年 2 月 9 日星期六于北京游燕斋）

回忆是一缕最美的阳光

翻阅《追忆那些逝去的岁月》书稿，十七篇文章，风采各具。十七位作者以不同的笔调，回忆自己的成长史，回忆那些过去的时光，读来让人感慨不已。

老马《我的"时钟表盘"》把陪伴作者走过三十多载的不起眼的时钟比作"祝福器"，作者通过不同时段的时钟记忆，回忆了父母的温情与慈爱，初恋的朦胧与美好，求学路上的艰辛与向往，读来亲切自然，发人深思。

上善若水的《记得那年毕业季》则回忆了作者二十六年前专科毕业时的情形，作者深情地回眸大学阶段成长过程，充满了对青年时代波折的慨叹，也许正是入党机会的失去，促成了作者思想的转变和人生轨迹的反转，在向上的路上，每个人都有自己值得总结的人生。

《光阴不负我者，唯有读书》是作者写给女儿的一封信，作者以母亲的善意，回忆读书对于成长的益处，阐述"书，是人类进步的阶梯""书，可为朋，也可助人结朋"等道理，以循循善诱之心，引导女儿如何掌握读书之法，如何爱护图书，读来饶有兴趣。

施昌进的《山，还是那山；水，还是那水》则叙述了作者对山水的情怀，叙述了走出大山、回望大山的那一份情愫。

李苏洋《你所想要的，都在路上》则回忆了作者高中时的叛逆性格，在最后一年的冲刺中所滋生的"怀着一种好奇，一种较劲的心态"以及参与高考"把24小时用到极致"的奋发，从中悟出了"学会取舍很重要"的道理，作者把考上大学看作"附带的奖励"，阐述了"只要想去做，什么时候开始真的不重要""重要的是决定了就全力以赴，心无旁骛"。作者的故事，对当下叛逆的青年人不无教益。

李峰的《围城》则把体制化当作围城，阐述了自己初入围城，习惯体制，追求自我完善的心路历程，读来也让人感同身受；赵健军则回忆了自己经历的三年生活故事，读来也让读者唏嘘。

凉濛雨的《沉寂的浮心》感受每段成长经历，平淡中有不舍。

徐新松的《我想要份鲜花饼》则由一位清洁工大姐的请求，引发开来对社会、人生的思考。

道法自然的《十年的路程》则描述了自己十年的成长史，留下对过往最深刻的纪念。

韩超的《那些难忘岁月》则回顾了自己在秦岭的生活、虚度的五年和故乡印象，又回忆了与父母在一起的生活和难忘的青春记忆，读来虽稍显杂乱，但也不失为对昔日生活的最好纪念。

程庆龙的《那些年曾经读过的书》则叙述了山村孩子的成长史。

滕延磊《院墙根下的往事》则以曼妙的文笔，叙述了一个12岁孩子眼中的童年故事。

谢恩玉的《人生感悟之关于女儿和父母》写了自己成长中的三位亲人：女儿、媳妇和娘，深情地记述了与亲人的点点滴滴。

刘克鹏的《新苗曾是恩师育，秋日有信晚来寄》则回忆了作者小学、中学、大学不同阶段的老师。

《那些天真和勇敢》则从一个媒体人的角度解读了拼搏向上的青年成长史。

马宗申则用细腻的笔触刻画了《我的父亲》，回忆父子情深，细节生动感人。这是普通人写普通人的故事，这是成熟者回望过去的叙述，这是记录历史一个个断面的文字。看着这些文字，我想说，回忆是一缕最美的阳光，能长出新鲜的绿叶，给我们平淡的生活送来希望。

真情铸就文字的力量。这部书稿的每一位作者，无论是回忆自身成长，还是书写师生之谊、父母之爱，文字中藏有一种真切之情，这种感情幻化成各色语言，有的文字稍显稚嫩，但也能从中看出作者内心的火热。这火热，让普通的事件，人间亲情，滋生出感化读者的力量。

细节打磨岁月的深刻。人身在其中，难以知悉真伪；回望历史，犹如一位旁观者。打捞记忆中的那些细节，恰如打捞珍珠、黄金一样可贵。有些细节，虽然埋没在记忆深处，但一旦重温，这些细节，就成为推动我们前进的力量。有些看似平凡的细节，却书写着成长的艰难、亲友的期望、成长者对命运的对比感知，这是岁月馈赠给作者的深刻，这深刻，会感动阅读者。

感恩书写成长的伦理。每个人的成长史各有不同。幸福的儿童，成长史都是一样的；不幸的儿童，各有各的不同。十七位作者的童年，以农村者居多，正是多了与城市青年与众不同的苦难，正是多了天南地北的辗转，正是有了不同心态的五味杂陈的感受，他们成长了，成长中形成了自己看世界、感受世界、接受世界的伦理，这些伦理，对他们自己的成长不无裨益，对子女、对同事、对社会，也是一种贡献。

反思永远是人成长的动力。青年时代的固执上升到中年阶段，化为一种反思，犹如为前进的油箱注入了活化剂，可以提升一个人成长的效率。中年再回望自己走过的路程，就会剥除昔日肤浅的外壳，让思维的理性为回忆增添一缕希望之光。这本以回忆为主的文字，值得成为读者欣赏的一个读本，也值得写作者自己好好珍藏。

这部书稿中不少作者的文字直白、朴素，介绍的原生态生活，给读者带来直观感受的同时，也让人感觉有失韵味的悠然。如果每位作者能再精心打磨一下各自的文字，让读者在感受成长的同时，享受到交响乐一般的舒展，那岂不是更好？

（2019 年 2 月 11 日星期一于北京游燕斋）

那摇晃而来的白花儿啊

不知道为什么，这天开始摇晃，摇晃着，摇晃着，大片大片的白花儿就落下来了，它们在天空中，你碰我，我碰你，像找不到妈妈的孩子。它们落在大地之上，簇拥在一起，盖住了大地的暗黄；它们落在河面上，整条河，就成了一条白色的裙摆；风，旋转着它们，落在了鸟巢上，鸟巢亮了；汇聚到树枝上，树枝静了；飘舞到屋面上，万千屋面就齐整成一个色调。大地上的一切，渐渐地被它们征服了，征服在这一袭白袍里。儿时的这千万朵白花儿啊，是冬天的信使，带来整个季节的妩媚消息。一帮儿童踏着乌拉草编制的踏板鞋，在它们的身上行走，它们乖巧地发出"吱呀吱呀"的声音，回首望，已是两行步入遥远的诗行；有分离在檐口的白花儿们，凝成冰柱，冰柱再化成水，水滴穿大地上的白花儿，演绎着同类之间才有的爱情。大地在白花融化中呈现复苏的气象。冷中含着白花儿的单纯，含着春矜持羞涩的消息。

年过八旬的老太太是皇城的原住民，她从十几楼执意要到平地上张望这一片又一片的白花儿，我看着老人眼睛眨着孩子一样的闪光，问她您怎么这么喜欢它？老人坦言，整个冬天，这个精灵儿都不来了！老人刚从海南女儿那里归来，就是为了等这漫天的白花儿，在大地之上，老人穿着红棉袄，围着红围巾，仰天、双手捧接着那漫天的白花儿，透出孩子一样的顽皮。我望着这张脸，其上布满旁边树皮一样的皱纹，我的心，好像被白花儿拥挤出一丝丝冬天的温暖。

有了数次冬天在南方度过的经历，我知道，我内心深处离不开这北方的白花儿。老天突然像开了眼，漫天撒下这无数的情种，一朵一朵，胜过鹅毛，胜过飞蝶，胜过一串串工整的文字。它们那样自然，飘逸而婀娜，欢快而又调皮，像逗弄你的智者，又像牵着你往春天走的神灵。在这个冬天，这漫天的白花儿啊，就是天地的主宰，似乎整个城市都停止了悸动，都在聆听它没有声音的声音。我在白花儿的爱抚中，轻抚鬓边飘落的白花儿，我才知道，无论哪里的好，都赶不上此刻那一片又一片的圣洁。此刻，我才从内心深处唤醒我自己，唤醒我对这一朵朵白花儿的挚爱情怀。它们是祖先派来的使者啊，还是上天普惠人间的密使？我仰脸迎它，它以清凉吻我；我低头看它，它以冷光目我；我躲开它，感受那恰似一地的温柔；接近它，却又听到它率真的反对之声……

那是白花儿飘曳的夜晚，我和我的伙伴们，借着白花儿在大地上的反光，感受大地上的万物，静止了一般，悄悄地在暗地里呼吸；冬日的夜晚，好像一切都消停下来，这时的温暖却也是纷纷扬扬靠近来。在冬天的北方，这是寒冷中最温馨的时刻，这是白花儿最温暖世界的时刻。有时我在冬天的一个下午或黎明，就会在白花儿降落的天幕里，静静享受大自然馈赠之时，也会为那些无处觅食的鸟虫鱼兽而哭泣。冬天，在温暖的南方，我曾耗费整整一个夜晚，呼唤白花儿能瞬间飘满天地之间，但这只是奢望，当然，最终的结果还是在鸟鸣中迈出室外。

白花儿今天终于抵达皇城，像穿透整座古城的哨音一般凌厉。白花儿落在冬青树上，落在红色和黑色的车上，落在老人的帽子上，女人的围巾上，也落在我的脖颈里，最后犹如一粒盐，落到我的心里，我感受着苦咸之后的力量支撑。这漫天的白花儿呀，在皇城，不紧不慢，下个不停，一直等我走上高楼，俯瞰它们，它们依然在窗外喋喋不休，我只有默默看着这些自由的生灵，享受它们天然的舞姿……

（2019 年 2 月 12 日星期二于北京游燕斋）

落难时的风度

如果说阿 Q 临死前为了把圆圈画圆是出于麻木，那历代知识分子身陷囹圄时的表现足以让人钦敬。我记得童年时读过一本书，描写王若飞在监狱中自觉锻炼，不嫌弃麻风病人，还教麻风病人识字、唱歌，这是怎样的胸怀；昔日的右派下乡劳动，很多人做事有板有眼，拿汪曾祺而言，他给棉花打药，能把叶子的正反面打个遍，这样的功夫，不是一般人能学得了的；有人在台上耀武扬威，一旦下台，唉声叹气；做富人时满面红光，一旦落魄，连流浪狗都不如。人们爱用"穷在闹市无人问、富在深山有远亲"这样的话来描述世态炎凉，从来很少有人反思过落难时的自己应该怎么做。我想，汪曾祺和王若飞的境遇，还是给人以启示。

在现实生活中，人习惯了风花雪月、一日三餐，一旦落难，周围的环境就变了，落难人自己就会自怨自艾，整个世界暗淡下来。这样的心境，带来的是自我的堕落，在被世人鄙夷的目光中衰亡，与其说是环境的原因，不如说是自身的原因。

落难时的自我反思不仅仅在于找到自身失败的原因，更重要的在于明白怎么与外界的交往。落难不落志，要怀揣着坚定的目标向前走，这时候同道少了，呼应你的人少了，自信心尤为重要，一个人不是被别人打垮了，而是被自卑给吞没了；落难意味着方向不对，也可能是机缘错失，更可能是环境所造成，这时候最需要冷静，需要拍拍身上的尘土，继续前进；落难时的人最忌放弃社会伦理对自己的约束，艰难时刻的善良与诚实，容易唤醒同道者的支持，容易让周围的人重新认识自己。有人做生意失败了，破罐子破摔，欠债不还，甚至赖账，失去的不仅仅是朋友，更可能是东山再起的机会。商业伦理的基础是诚信，落难并不可怕，在落难中保持一种理性的心态，好好地去遵守应该遵守的伦理规范，才可能让一个人重新返回正常的渠道。王永庆当年在台湾地区做生意，遇到卖米低谷时期，自己坚持把米扛到每一家楼层，赢得的是公众的信任和响应。官场、学场、娱乐场和商场的情形是一样的，谁坚守住了落难时的底线，谁就可能走向成功。

落难之时人的心境如果和春风得意马蹄疾时的感觉断然不同，这时候，考验的恰恰是一个人的心理底线、道德底线和法律底线。落难时的人品就是一个人走向成功的基质，就是一个人战胜自我的冲刺线。最近连续接触一些正反两方面的人，有些人从混沌中走向光明，有些人从沉沦中走向堕落。落难是最好的检验场，也是一个人锤炼自己最好的时机，这时候，需要的是冷静、耐心、自我反思，寻找与环境的最佳结合点，如果一个人在落难时还能保持达观的心态、向上的追求，这个人即使不成功，其生存的感觉也是愉悦的。

（2019年2月13日星期三于北京游燕斋）

北京的味道

北京的冬天，不仅为自然之树提供养料，也让生活在北京的人补膘。拥有明显四季的北方，可能更符合人的自然生长规律。一到春天，万物竞发，而在冬天，万物开始猫冬自储。

近日出去赴宴，看到从各自家乡归京的人，一个个油光水滑，挺起了肚腩；我在云南好不容易减掉的一二十斤肉，又不知不觉窜回到原来的状态。冬天的冷，很容易激发人的食欲，而肚子也在不知不觉中投降于这样的安排。不由得想起瑞丽冬天的山水，宜人的气候，让你随时都想往外走走；在北京，刚想出门，那满天的寒冷，还是把你决绝地阻挡回来。一位女子说：走遍了云贵川，我还是喜欢北京城，北京城里的吃，北京城里的玩，北京城里的古韵。她说得有道理，我在餐桌上，能听到食客们悬在口头的京城故事，过去的现代的凝结在一起，时而放荡，时而俊朗，时而月光如水。这是冬日里闹闲篇儿养成的话语风格，是北京人的味道。

北京大妞敢说敢为，也喜欢把手儿伸进上衣里，当众挠痒痒；北京大妞傲视群雄，人过三十五六岁，不找男朋友也属于正常事。这是浸染上皇城气息的洒脱女人，看透世相而大大咧咧，我行我素而不顾其他，我说我的，你爱听不听，我有我的观点，陈述出来就足够了，就是不顾一切地说，说出北京大妞的率真，说出北京大妞的见识，也说出北京大妞的活法。从北京大妞身上，你会感到真实生活的快乐。初识北京大妞，你会感觉到这样的女人，太粗俗了吧，纵使她说了真话，自然地当众去挠痒痒，你也会感觉这是怎样的不合雅致之风啊！静下来想想，这样的不伪装，才是彻头彻尾的素面人生啊！

北京的味道，是馆子里传习久远的北方名菜的味道，是聚集东西南北四处特产的味道，是南腔北调说不尽人间情话的味道，是一边啃着雪糕一边谈论义和团大摆阴门阵的味道，是和的士司机讨论国家大事经常甘拜下风的味道，也是一桌之上，呈现各种表演风格的味道。在北京的校园里走走，那些已经向民众开放的操场上，走着的或许是一位耄耋老人，或许是调皮极了的孩子，或是一个双手托拍排球的女子，抖空竹的老人，舞剑的女人，打太极的光头大爷们，冬游出水浑身冒热气的勇士。北京，一个始终都想鲜亮自己的城市，一个拥有极端天气检验的城市，一个能感受到冷到极限而又热到极点的城市，一个处处有爱却又处处制约你的城市，一个不用担心裙带关系危及你日常生存的城市，一个可以与男男女女自由谈吐、潇洒出行的城市，一个让给忽悠人的人、沉默的人拥有同样空间的城市。

北京的味道，是一年四季的味道，是包容万象的味道，是创新继承的味道，也是鱼龙混杂的味道。

北京的味道，是古风中藏着现代的味道，也是大学之风蔓延城市角落世俗之习走进象牙塔的味道，是从寒冷走向温暖又从温暖走向寒冷的味道，是风雪夜归人裹紧长袍、大衣的味道。

北京的味道，是情人节收到一束花的味道，是友人回赠一摞书的味道，是沿着颐和园长堤搜寻雪花感受冷风的味道，是故宫甬道上捡拾历史碎片的味道。

北京的味道，是沿着大街行走可以放开思想奔跑的味道，是任何人无法掩饰，一旦掩饰就会被追究的味道，是毋需自我炫耀，一旦炫耀就会被炮轰挖根的味道，是企图逃脱公众却擦亮眼睛的味道。是人人都怕摄像头，人人都是摄像头的味道。

北京的味道，是阳光与寒冷共舞，光明与黑暗同存的味道，是高雅与卑俗缺少明显分野，昨天和今天紧密缠绕的味道。

北京的味道，是你中有我我中有你的味道，是互相牵拽又各自疏离的味道，是呼喊着前进，停息中不甘心的味道。

北京的味道，是岁月发出闪光未来可能无限的味道，是跌倒爬起来辉煌而又冷静的味道，是对所有者有情同时又对所有者公平的味道，是昨天与今天断然不同而又藕断丝连的味道。

北京的味道，是时代的味道、记忆的味道、美丽的味道、幸福的味道，是多愁善感的味道，是诗人气质的味道，是掺杂有芥末气息的味道，是难以一口说清的味道。

北京的味道，是喋喋不休与沉默寡言相互依存的味道，是读书与辩论的味道，是欣赏与批判的味道，是审度与融入的味道，是哭泣与欢笑的味道，是文人与科学家的味道，是的士司机与快递小哥相伴的味道，是慢条斯理与风风火火杂糅的味道。

北京的味道，是上进中的落后、落后中抓紧的味道，是青春的味道，是老态龙钟的味道，是时代叠加各种风向并存的味道，是风的味道，是雨的味道，是无风无雨静和天朗的味道。

我喜欢，这北京的味道，感受着北京的味道，在北京味道中，熏染自己几近沉迷的享受。

北京味道，值得我永远回味的味道，值得我幸福记忆的味道，值得我向朋友们推荐的味道。欢迎您到北京来，吮吸这独有的味道，多味杂陈的味道！

（2019 年 2 月 16 日星期日于北京游燕斋）

瑞丽的味道

离开瑞丽已经一个月了，一个月来不断有瑞丽的朋友打来电话。今日写了一篇《北京的味道》，瑞丽的朋友不少调侃，说北京的味道就是豆汁的味道，我回应说瑞丽的味道就是撒撇（注：当地美食）的味道。在北京回望瑞丽，咂摸咂摸，瑞丽到底是什么味道？

瑞丽的味道是边疆的味道。瑞丽地处祖国西南边陲，边陲意味着远离中心，意味着落后。事实上，我所感受的瑞丽，在落寞中有新意，在遥远中有牵拽，在离祖国心脏偏远的地方，依然保持着对祖国的热情。这里，缺少名城的高楼大厦，但也不乏现代化设施；这里地处远山之外，也有智能网络联系世界各地。

瑞丽的味道是自然的味道。瑞丽的山水之美让人失去一切警惕性。四处都是风景，四季都有和风，四面都有故事，四海皆为朋友。在这里，可以充分感受自然，在这里可以尽情享受优美。瑞丽的自然，是把自然发挥到极致的自然；瑞丽的自然，是动物排队聚集，植物争比高下的自然。这里的水永远流个不停，这里的山，永远被青翠包围。我到大山深处饮水，我到最奇妙的巉岩前看瀑布飞泻，看孔雀开屏，听小鸟唱歌。瑞丽的自然啊，是一袭绣满珍奇的挂毯，每一个细节都会让你流连忘返。

瑞丽的味道是少数民族的味道。少数民族的质朴，是发自内心的声音，餐桌上的歌唱，说来就来；村路边的水罐，装着深情。我在傣族寨子里行走，傣族服装吸引我的注意，而古旧的竹筐竹楼则叙说着一个民族的历史。我在德昂族的乐器前思考，又在景颇族信奉的宗教里找寻这个民族接纳外族文化的历史，从金黄的佛塔里想象菩提树的辗转挪移。这是文化的瑞丽，也是各民族性格交汇的瑞丽，弄莫湖里的白鹭，一定习惯了这种民族交融的习惯。

瑞丽的味道是让人牵挂的味道。从来没有一个城市这样完美，从来没有一个城市与天地浑然一体；从来没有一个城市的人们这么纯净。瑞丽，一个镶嵌在边疆的明珠，一个来了就舍不得离开的城市。瑞丽，每想一次这个地方，都是人生的奢华；每听一次瑞丽的话语，都会在嬉笑中多了一层牵挂。那些并肩战斗的同事还好吗？那些抓住你的手嘘寒问暖的大爷大妈还好吗？那些在天空中自由飞翔的蝴蝶与小鸟还好吗？

瑞丽的味道是美食的味道。瑞丽是所有动物的天堂，如果把瑞丽看作自由之地，人则是这块土地上自由奔放的生灵。在市委宿舍，有一种果实叫莲雾，莲雾熟了的时候，如果不采摘，鸟儿们就会啄食，熟透的莲雾则会落在地上，像玉碎一般好看；我在叶海波的水果山上，看到鸟儿整个身体伸进火龙果里，直接把火龙果啄成一个空壳，像一个会打扫碗底的小朋友一样乖巧。这里的鸟儿简直就如生活在美食博物馆里一样。有一种树，树叶酸酸的可吃；果子也甜甜的可享，纵使内地是饥荒年代，这里也不会饿死人。有一种棕榈树，剥开外皮，里面就是可以食用的淀粉，天然的馈赠让人们生活在幸福的庇护里。

瑞丽的味道是翡翠的味道。每当我看到翡翠市场上拥挤的人群，我就想到这个边疆城市对翡翠的热爱充满发自心底的真诚。翡翠膜拜洋溢着历史，也洋溢着人们对美好生活的向往。瑞丽作为经营翡翠最丰富的边疆小城，吸引了众多域外商人来这里经营，生生不息的翡翠生意，传递的不仅仅是商业的味道，也是审美的味道，和平的味道，共同赞美优雅的味道。我与几位雕刻大师有着密切的接触，他们以最简练的笔法让玉回归自然之美的雕刻技巧，给我醍醐灌顶的教育。翡翠之美，美的不仅仅是瑞丽的市场，而是洗涤了瑞丽人的心灵。

瑞丽的味道是红木的味道。可以传世的家具到哪里找？可以坐享的红木哪里找？如何在平常生活中享受到尊贵的感觉？倘若您到红木家具店走一走，这些红木家具的厚重、典雅、巧夺天工，真会让你心动。那天然气质的流露，那舍我其谁的威严，那从古至今的推崇，唯有从红木家具身上能找到，能从这自然与人文结合的尤物上感受到。这是瑞丽的红木家具之美，也是瑞丽吸引外地买家的秘密武器。

瑞丽的味道是歌舞的味道。瑞丽的节日多，每年的少数民族节日，是百歌高唱的节日，是舞儿缥缈的节日，也是放松心灵的节日。在瑞丽，少数民族与歌舞相伴，到村寨去，随时都有歌有舞。在北京，倘若在各种场合上，要让一个人唱歌，那人即使会唱，也会推三阻四。而在瑞丽，少数民族唱歌是主动的，跳舞也是主动的，他们说着说着就唱起来了，走着走着就跳起来了，这里的民族是歌舞的民族，是追逐幸福轨迹的民族，是充满活力的民族。

瑞丽的味道是茶与酒的味道。瑞丽的等嘎古树茶，总让我想起许多动人故事。制茶人王凤鑫兄妹俩，是潜心向茶的人，也是传递茶文化的人。我喝过他做的古树茶，我离开瑞丽时，他还专门请我到茶馆喝茶，瑞丽的茶香啊！有一次我和家人，在大学生村官的带领下，冒雨走向古茶园，采摘一两片古树茶叶，放到嘴里，舌尖生香，让你忘了跋涉泥泞的辛苦；瑞丽当地人喝茶，多凭借当地的产茶优势；在瑞丽的外地人喝茶则五花八门，这种互相渗透的文化，形成瑞丽茶文化的多元化；瑞丽是外来人口多的城市，喝酒的风气因人而异，我最喜欢当地的小锅米酒，到乡下去，你可以在每个村子喝到这种乡党自酿的酒，陈年老酒有古旧滋味，新酒则因刚烈冥顽会让轻视小锅酒的轻薄分子顷刻撂倒。酒因茶香，茶因酒贵，在茶酒之中，感受当地人的散淡生活，也是一种幸福故事。

瑞丽的味道是国际的味道。瑞丽人包容心世代沿袭，与毗邻国家的人们宗族相近、地域相邻、文化相通有关。我在瑞丽感受到当地民众不仅善于容纳内地来客，也善于接纳国外人士，我曾经数次接待来自国外的团体，能感受到当地民众对外国民众的欢迎。瑞丽正以开放心态塑造着国际化大都市的雏形。

瑞丽的味道是情人的味道。人一出生就注定选择了永远的故乡，而瑞丽被很多人当作第二故乡，有很多人来了瑞丽就不想走，特别是年老的人会把瑞丽当作自己的情人，会选择这处优雅之地，留作自己未来养老的所在。这样的情人值得信任，这样的情人值得依托。故乡给我以骨血，瑞丽给我以情怀。

瑞丽的味道远远不止这些，瑞丽的生活也铺排着有别于内地的光彩夺目。在北京，我这样回忆瑞丽的味道，或许，能让瑞丽的同事朋友们，切实感受到我的心歌。

（2019 年 2 月 17 日星期日于北京游燕斋）

倒青

山东老家有一个词"倒青",说深秋有些植物长得郁郁葱葱,好像要超过春天的样子,但最终不会开花,也不能结果了。有时也借这个词,讽刺挖苦那些已入老年的人,却行少年事,同样谓之"倒青"。山东儒家文化兴盛,民间观念相对守旧,"倒青"人会被人笑话。

分析起来,"倒青"有违背常理之意,所以"倒青"者,多导致失败。人在不同的年龄阶段,就做不同的事情。年轻时天真烂漫,写写诗,符合发展规律,年老了,写一些意味深长的东西可能更好一些;年轻时谈恋爱,众人会衷心祝福,年老了再寻找爱情,十之八九会被别人耻笑;年轻人争强斗勇,上进心强,符合常理,年老了再去争名夺利,失去的不仅仅是声誉。"倒青"人做"倒青"事,对自己、对社会的确不是一种好选择。

但凡事都有一个度,如果为了反对"倒青"而让每个人因循前辈走过的道路,社会就没有发展了。何况,现实条件发生了很多变化,要求现实中人,每个人都要循规蹈矩,也实在没有必要。如古代男女,刚成年就可成婚,现代城市人年过而立方成家已成常态,如果把后者说成是

"倒青"，就有一些过分了；再譬如，过去四五十岁的男人，几乎都有了孙辈，一般要回家享受含饴弄孙的天伦之乐了，多数人为了显示稳重，还要留上一撮胡子，但如果当下再要求所有四五十的男人，都穿一身黑衣服，留上黑胡子以作老态龙钟样，似乎也不现实。一方面应该参照先贤的为人处世策略，另一方面要学会为现代人的技巧，这是生活的艺术。

生活中的逆向思维能力的培养很重要，生活中人最常犯的错误就是人云亦云、听凭经验。做事要一切以时间地点为转移，当下不少东西都在变，靠过去的那一套，已经不灵了，有时就需要一点逆向思维。如过年微信拜年，众人熙熙攘攘之际，你已安然入睡，不打扰别人，也不让自己烦躁，不失为好方法；在不正之风兴盛的环境里，你保持你的风格，刻苦磨炼自己，纵使没有拥有别人的名利，但你拥有了充实的内心；在貌似兴盛的气氛中见好就收，不去贪恋更多，可能获取的是一份宁静；众人高竖大拇指之时，你敢于打自己两巴掌，清醒之中，比顺着别人的思路跑要安全许多……反向思维，提供的是一道安全防火墙，也是另一种独特的思维方式。

从另一种意义上而言，"倒青"，有时也是创新生活方式的手段。问题是这种"倒青"是适度超前而不是彻底反叛；是因时而动，而不是只讲自我感受，而不顾条件变化；是明晓社会伦理而不是一意孤行。适度的"倒青"，有助于心态健康。如果一个人四十岁活成了六十岁，学问再深，生活也缺少必要的乐趣，人生过程那就多少有些缺憾；倘若一位老者，尽管白发苍苍，还能虚心向学、坦然面世，平时与年轻人交流也无"代沟"限制，这样的老人，一定受人尊敬。

"倒青"不可怕，只要"倒青"不为环境添脏，不为别人添堵，常为自己添乐，也为社会送福，纵使无花无果，那一片绿荫，也是生命力最美好的体现，有何不好？！

（2019 年 2 月 18 日星期一于北京游燕斋）

雾霾中走来瑞丽城

    不知是雾霾憋闷的我无法写作，还是两天不写作发现雾霾探头探脑，这两日胸闷得很。离开瑞丽的那天早晨，顶着朝霞，雾弥漫了整个天空。这是至美的神话世界。瑞丽的雾，让我想起 20 世纪 80 年代的北京，那时我到北京去取测量仪器。清晨，冬雾荡漾着早晨的清新，微露一般。而今天的北京，是霾多过雾；瑞丽的雾，则是单纯的雾。这雾霾在几大城市里，就如从乡下窜来的混子，不知道人间规矩，一脸粗俗之状。北京的雾霾，会折磨人们的神经，虽然有无数仁人志士出谋划策，但照样有大量乱臣贼子般的雾霾竞折腰。谈北京，不谈雾霾已成外行，雾霾成了北京的亲密战友。我作为后来北京者，去外地大城市，人家会说我们这里没有北京的雾霾大，好像雾霾也是国内生产总值的代名词；到云南，当地人说使劲喝风吧，它像水一样干净，云南没有雾霾。说者笑了，听者也笑了。北京城的天空，乌压压的黑，如果有雪落在车上，雪化了，就是密密麻麻的斑点，这是雾霾的功劳。朝思夜盼的北京城，原来是这般模样，我也是醉了。

事物总是因比较而存在，如果说当年的北京因为繁华而吸引众人，那今天的北京则因为雾霾而导致更多人密谋逃离。我在瑞丽，见过不少生活在纯雾的人，官员、生意人、艺术家……这些人，因喜欢瑞丽城的空气而来的占多数。我也喜欢瑞丽的雾之美，但北京的历史气息和现代气息有让我着迷的一面，这些特有的气息，和雾霾相抗衡，像吸尘器一样，不时为我提供着在北京城生活的理由。我期待早一天再能看到20世纪80年代我曾感受到的北京晨雾，那雾，并不亚于瑞丽的雾。

　　瑞丽与新加坡相比，面积略大于新加坡，瑞丽主城区则很小。从城市规模看，新加坡人口六七百万，瑞丽不过二十万；新加坡高楼林立，而瑞丽平房比比皆是，村寨洋溢边疆风情。新加坡是国际化大城市，而瑞丽则是有待发展的边疆小城，这样的对比很有意思。从自然气候讲，我感觉瑞丽则略胜新加坡一筹。瑞丽享有"花开四季、果结终年"的声誉。我喜欢瑞丽现在的青涩、矜持。瑞丽发展到今天，依然保持着小城市的舒缓、雅静。瑞丽城市今天所呈现的弊病大多是历史沿袭而成，但今天的建设会成为明天的历史。瑞丽的城市规划，客观地讲还有很多不足，像裹足难行的女子，留下了很多难以修改的弊端。北京的雾霾，不仅仅是北京自身酝酿的结果，也得益于周边城市和省份的"贡献"，瑞丽的环境也是如此。作为边疆城市，邻国的环境保护状况直接影响瑞丽的发展。有报告称，相邻缅甸城市的垃圾就横溢过来，而污水也肆意流入中国境内。难以想象未来这样的邻国侵害会发展到什么程度；南宛河上游的水污染严重，因为缅方的几家造纸厂排污所致；沿等嘎村西侧而流的溪水，已被养猪场的脏水所污染，附近村寨的民众，时常掩鼻而骂……我喜欢瑞丽的山山水水，但看到每一处污点，都会感到钻心的疼痛。作为正在发展中的城市，瑞丽确实需要面对发展与环保的平衡。如果不从系统学的角度去考虑问题，不以前瞻性的思维去谋划发展，不去面对当下垃圾处理和城市规划缺位的不足，瑞丽的未来环境堪忧。北京的雾霾，是一天天累积到今天的，已经成为市民诟病和难以解决的顽疾，我真担心未来的瑞丽，污水和雾霾也会伤及这个美丽的城市。

事物的变化总是各方因素综合导致的结果。作为边疆小城，瑞丽拥有美好的发展前景，但如何发展，的确值得城市管理者思考。以招商引资为例，不能仅仅考虑当下城市发展的需要，而随意引入各类企业，"剜到篮子里就是菜"，而要切实考虑环保因素，着眼于未来而对引入企业进行挑挑拣拣，对已经引入的污染企业该关停的必须彻底关停；对砂石料采集问题，应该长远谋划，瑞丽未来的建设规模，必将呈指数级增长，不对砂石料进行长远规划，而采取一刀切的关停方式或小脚走路，无异于掩耳盗铃。

新加坡建设之前，相应的城市类比少；瑞丽今天的建设，则幸运地有新加坡作为参照。美好城市是无数点滴美好的叠加，无数细节设计的组合，握在城市管理者手中的积木如何去摆，直接影响着城市未来的发展。今天的发展落脚为明天的历史，如果缺少历史责任感，当未来回望历史，很多已成了无法或无力更改的结局，到那时，悔之晚矣！新加坡的城市建设值得推崇之处颇多，经验教训也不少，瑞丽发展更需要的是自觉躲避这些教训，规划好城市，切实做好环保工作。城市发展离不开每位市民的参与和贡献。新加坡每有大型聚会，结束后的满场清洁，折射公民素质，其值得瑞丽学习的不仅仅是一个细节，而是根植在市民内心深处的对环境保护的责任意识。瑞丽需要放大的是城市发展规模，需要细化的是市民的日常对环境保护的文化培养，需要强化的是城市管理者对环保的前瞻性思维。

我经历了北京城由轻纱曼妙的冬雾发展到今天恶魔一样挥之不去的雾霾漫天的变化，我真惧怕瑞丽也会有雾霾缠绕、污水横流的那一天。总有人认为我这是杞人忧天，其实无数历史证明，悲剧总在重演。生活在今天的瑞丽土著，十分怀念过去的湿地、茂密的森林，孔雀遍地的昔日生态。倘若在今后的建设中，不切实注意对环境的呵护，湿地会继续大量减少，森林植被也会导致负离子减少，一个期待建设美好家园的城市，可能会因缺少对环保的高度警惕性而走向愿望的反面。像对待自己的眼睛一样，呵护城市发展的每一步，的确是瑞丽人应该谨慎对待的事情。

雾霾中走来瑞丽城，是我身居北京这座雾霾之城的内心渴望，也是对瑞丽之美长久保持的热切期盼。美丽的瑞丽，我期待您美丽的雾纱，永远笼罩着瑞丽，让瑞丽一直美好下去！

（2019 年 2 月 19 日星期六于北京游燕斋）

主陪在此

北京人吃饭，那叫一个讲究，上桌前排座就要你推我让半天。回京后这一段时间，时常被亲友同学呼唤，算是领教了北京人参加宴会的烦琐。也许是我离开北京一年，陌生了北京的酒场规矩，总感觉客套里面充满了虚假。

做主陪的人，拥有了话语权，唾沫星子乱飞，自然可以威风八面。正像一盘磨的中轴，大家都听主陪的吆喝，主陪喝就喝，主陪笑大家跟着笑，主陪评论时事，大家也跟着随声迎合，宴会上的主角，永远是主陪，副陪就是察言观色的，倒茶满酒的。主宾不主，副宾不副，满桌以主陪为中心，主宾和副宾，也只有迎合的份，堆笑的份，随大流说话的份。

以前喝酒，那是真喝，很少观察酒场的千姿百态。自从查出高血压，开始限酒（人有病不能不自觉），这一限酒一不喝，酒桌上的秘密，开始呈现出来，别人酒后的醉态，就是当年自己的丑态。想想自己这一生，喝过多少不该喝的酒，说过多少不该说的话，出过多少自以为妙的洋相？又有几次能在酒后自我反思？

有一次酒后大梦，清晰记得双脚悬在空中，在天空中软绵绵地走，大地在身后，楼房在脚下，人在天上飞，醒来，双目看到天花板，身子却沉重地压在炕上，喝醉了的感觉，是神经麻木后的自叛，是超越以往的妄想。

看酒桌上的主陪，那叫一个威风，嗓音分贝超过平时两倍，眼睛瞪圆足抵牛目炯炯，说话的语调，也满含着少有的威严，酒量好像也超越了平时许多。主陪坐在那里，一时间忘乎所以，总觉脑子比别人灵光，话语比别人流畅，脸蛋也似乎比别人漂亮，劲随酒添，范儿随菜旺。一口酒，三山五岳尽涌来；半口茶，夜半惊魂到南洋。主陪一醉，众客陪醉；主陪骂誓，众客皆怂恿和之。有冷静的人，这时冷眼观酒场，陪着十二分的小心，少说话，不代表人家肚子里没有话。每次醉酒回来，我都会呼呼大睡。只有不喝酒回来，回忆起酒桌上每个人的形态，我却会彻夜难眠。

人不能一生做主陪，只有短暂的酒桌上的恍惚。酒不醉人自醉，喝酒之时随大流，无疑就成了主陪的帮凶。酒是色媒人，酒后狂言者，没有几个知道狂言的危害，只有清醒的限酒、戒酒者，才能冷眼观世界，从别人的醉态中，感受自己的无知。

主陪真是一个好位置，有了这个位置，人就如电灯接了电，演员吸了毒，汽车加了油，亮了，晕了，跑起来了。

病有时是好东西，它能让人清醒自己，该做的事情谨慎地去做，不该做的事情断然不能去做了，好像警笛一样提醒自己；酒就不是好东西，越喝越醉，越醉越喝，醉中有狂词，醉中无乾坤。酒与主陪，可谓强强联合，可谓将遇良才，互相添火，酒酣耳热正当时，狂言大语有谁知？

北方人的喝酒，有主陪在此，客人的思想要跟着主陪的思想，主陪是个酒鬼，满桌皆醉的可能性就大许多；主陪理性大家就理性，主陪感性大家就感性，举桌之上，莫非主陪；众目所瞩皆为主陪。主陪的风光，是居高临下的风光，从古到今的雅量，穿越酒桌的豪壮。

我越来越怕喝酒了，却因为年龄越来越老，常被人推到主陪的位置上。北京人有两种邀请人做主陪的可能性：一是年长至尊者，二是掏钱请客者。随着做主陪的机会越来越多，我对年龄越来越诅咒，诅咒的倒不是岁月，诅咒的却是这酒桌上的规矩，我是越来越挺不起腰杆说"主陪在此"的人了，病不让我喝，清醒时对醉酒者的记忆不允许喝，我知道再好的主陪，也是一时的风光，何况，我是越来越老了，老成了一个躯壳。我怕参加酒场的一个最主要的原因，就是主陪，那是一个尴尬者不知道自己尴尬的角色，我真的不喜欢！

（2019 年 2 月 23 日星期六于北京游燕斋）

平静中的律动

最好的时光，一切都无语，一切又都在说话。

最好的万物，充满温柔，又饱含生机。

冰开始融化，风开始飞翔，鸟儿仰慕风的力量。

没有抱怨，没有停留，也不容抱怨，不许停留，时光一去不复返，空间一换不再来。

生活没有假如，思想的花朵，在各异的时空段应该有不同的绽放方式。

你去依靠谁？依靠你自己，你自己就可靠吗？出卖你的恰恰是你自己。

你去依靠风，鸟儿都在观望，秋风跑了，冬风去了，春风也快捕捉不到了。风也未必可靠。

你去依靠大树，大树在哪，在很远很远的森林，很深很深的山坳，要跋涉很远很远的旅程。这个城市里，你能看到孤独的老树，你不要祈望它能给你带来醉氧的感觉。

坐下哭一会？雨儿会来把你浇凉，阴风会来把你刮跑，根本没有哭的机会！在冷漠的城市，你就把自己哭死也没有用。与其没有用地哭，不如宽心舒展地笑。

坐下欣赏一下来时的路，天空已无来时的光明，此刻已是黄昏，那些属于白天的时光，不应该留在夜晚来享受。为了享受这片刻的休闲，你会丢失掉满天的星辰啊！

一汪死水，你盘桓着离开，经过长途跋涉，你发现，又回到了那一汪死水。是迷路了吗？是夜晚的指南针丢失了吗？还是你把那一汪水看死了？

大地沉寂，沉寂于无限之中。

新抽出的柳丝，不考虑这些，它只一个劲儿伸展属于自己的绿色。那些依然蜷缩在树枝里的芽儿，没有柳丝的勇气，柳丝柔弱，柔弱出自己的律动。

花儿总有可爱的，跃出来，笑起来，飞起来，香起来，开始招蜂引蝶。我在蜂蝶之间，想象冬天的样子。冬天里蕴含着春天的生机，春天里依然藏有冬天的寒冷。

一切是茫然的，一切也是律动的。

运动中的平静，如静水流深一样，大气磅礴；平静中的运动，如柳丝一样，划开时空的界限。我喜欢这样的律动，自然需要这样的律动，大地需要，天空需要，宇宙需要。

告诉谄媚者，为什么要告诉谄媚者呢？你的话语对他根本无益，他只懂得谄媚，他哪有心思，享受这自然的律动？他哪有慧眼，感受平静中的悠远？

告诉嘲笑者，为什么要告诉嘲笑者呢？他永远站在路边，像凸起的石块，竖起尖锐的锋刺，即使消失在你的视野里，他们依然在宣示着对你的蔑视，炫耀着他们的正确与高傲。

你没有时间停留，寒冷催促着你，火热期待着你，你在完成一个过程，一个小而大的过程。

这段时空，需要一份超然的心境；这段时空，需要忘我的遐思；这段时空，需要一份属于世界的沉静。正如柳丝一样自然，正如融冰一样轻松。

大地无语，柔风无语，鸟儿在与你一同呼唤着一个属于万物的季节的到来。

我站在十字路口，不用回头，就可以完全透视我走过的所有的路。

目光坚毅而沉静，在这段时空，我无法拒绝平静的力量。我知道这律动的平静，最符合我的思想，我的意志。

天空浩渺而大地悠然，我不会抱怨什么，也不会让柳丝儿担心，我的眼睛每天都在关注着柳丝的变化。融化的冰，没有了坚硬的甲壳，却会有绸缎一样的柔和，水儿，会流得更远。有人说，你拥有水的浪漫，我说，我也会有水的坚硬，在冬天的环境里，我需要用坚硬保护自己。

在这段时空，一切充满美好，一切又饱含挑战。我在欢愉中前进，又在平静中律动着自己。我知道，只有自己的思想属于自己的一段时空，谢谢鸟儿为我的欢叫，蛇儿陪伴我前行，风儿为我妖娆。

一切皆好！只要不胖起来，人就有走远路的可能性。我相信。

（2019 年 3 月 15 日星期五于北京游燕斋）

圈子

圈子这东西害人，一旦入了圈子，就加入了程序，带上了枷锁，具有了符号，你就不是你自己了。譬如说，文人圈子，就要会写几篇文章，懂得各种题材和体裁，知道各类评奖是怎么回事，文人圈子里的事，好多与文章本身无关，与名利却休戚相关；再譬如，你入了工程圈子，如何去网络人脉，如何去投机取巧，如何去圈地挣钱，如何去排斥异己，工程圈子里的事，好多与工程本身无关；譬如你加入老乡圈子，喝喝酒，吃吃饭，唱唱歌，扯扯淡，集中攻击一下张三，联手捉弄一下李四，老乡圈子里的事，渐渐与家乡无关……圈子，有时就是一个圈套；圈子，有时就是一个借口；圈子，有时就是一个虚妄。所以聪明人自觉躲避圈子，庸俗人喜欢追踪圈子，名利人喜欢陶醉于圈子。

有人说千古文章一大抄，看你会抄不会抄。这几年，博士论文抄袭的学生颇多，总被圆融的教授们笑话："世间好语书（佛）说尽，天下名山僧占多"。这句话很有意思，从事自然科学的人有奔头，原因在于好多等待发明的东西要靠这些科学家；专注于社会科学的人可就不这么幸运了，你想想，世间的好话，不是被书囊括了，就是被佛说尽了，再说类似的话，只能绕着弯儿地说；再讲一些道理，只能智慧、柔和地讲，人云亦云容易，随口说出别人没说过的话不容易。你想想，天底下的山（当然是指中国的天下）都被以前的僧人占领了，你想再独享那一山的美景，还真是要费尽一番心思的啊！所以看文章多了，你就会对自己撰写的文章产生醋意，徒生"既生瑜何生亮"的叹息。那些喜欢拉条子的秘书们写出的东西，过后他们自己都不看。这个世界上，重复一遍的语言，已经让人生厌，何况天天听到的格式化话语？以前的书生真厉害，为什么把墙旮旯里的道理都说完了，让我等小笔墨者情何以堪啊？！

所以我不喜欢在圈子里禁锢自己的思想。因为圈子的符号性，越小的圈子，对外界的拒斥越厉害。别以为有几个铁哥们，就成了天下最幸福的人，恰恰是那几个铁哥们，把你领向了绝路。一个人拥有一个圈子，就是一个紧箍咒。圈子的约束可能固化你的思维，甚至导致你的生活惯性。圈子越小，人越固执；在圈子里的时间越长，人被染色的可能性就越大。

跳出圈子要有自己的情怀。一个人有什么样的圈子，就有什么样的情怀。早年，曾一度参加过老乡聚会。当你发现，这种鱼龙混杂的聚会，无异于一个村庄里的交往，人的原则性在老乡的虚幻里被弱化，这样的虚空，给你带来的是幻想，是依赖，是责任的逃避，甚至是犯罪的借口。那老乡圈，无疑就是一个坑，一个让人产生不良德行和虚妄之想的坑，这样的聚会，到底还有多少意义？这样的圈子，终究还有多少乡情？在北京，更多时间，我喜欢静静地一个人，躲在一边观察社会，而从不参加盛大的老乡聚会。以平常心和老乡交往，并不苛求从老乡身上获得什么，也不再去凭借所谓老乡获得自我的虚荣，能吃什么饭就吃什么饭，能说什么话就说什么话，为什么依仗老乡去延长自己的势力？那很可悲，也很无聊。有时，别人会说我没有老乡观念，甚至会说我无情。但我为自己对故乡人的那一份清醒而庆幸，我对故乡深沉的爱，不代表我可以出卖自己的灵魂。相对于上半生那种对老乡过于感性的认识与热情，当下，回归于我的自然是理性的思维，更能让我在这种生活里，找到属于自己的生活方式。

跳出圈子不一定成为异类，要说一句绝对的话，人永远不可能绝对地跳出圈子。每个人都试图跳出各类小圈子，就像钱钟书先生所言：城外人的人想进来，城里的人却想出去。但客观地讲，因为地球引力的存在，我们不能离开这个地球而生存。只不过人需要融入了更大的圈子。在城市里，你拒绝了作家圈、老乡圈，可能融入的是社会圈、城市圈、大地圈，这样的融入，要力争大些、再大些，大到没有圈子的概念，看不到一个小圈子的束缚，你似乎就解脱了，人好像就干净了许多。

圈子的大小，意味着格局的大小。圈子，对一位讲究既得利益的人而言，的确是个好东西。放长了看，靠圈子得到的不义之财，迟早是病；借圈子捞取的所谓一官半职，早晚是害；依附于圈子攫取的一切，人人都有一本账。古今中外，因果报应、积祸成害的例子很多，不再赘言。善于破局者才会有新局，善于警醒自己走出小圈子的人，才能有大圈子；善于看出圈子危害的人，才能躲避危害。

大圈子格局的人，包容大，收获多，视野就宽泛，就不会卿卿我我，磨磨唧唧。一个人在人生的某一个阶段，可能因为某个小愿望的获取而暗自窃喜；一群人狼狈为奸，遂成鸡鸣狗盗之徒，常以围攻别人而自得。殊不知，被他们认为最愚钝的百姓，早在一边，把这一切都悄悄看在了眼里，只是暂时的沉默罢了。这个世界上不存在傻瓜，只是有些人把沉默者当作傻瓜罢了。无论做平民，还是做官员，格局一定要大，心胸就要宽，视野要远，唯此，才能吃嘛嘛香，袒胸而眠。遗憾的是有人官越做越大，肚子却越来越小。历史终究会证明，等待这类人的是什么结局。

把圈子变大，再变大，直到看不见圈子的半点影子，你才会变得澄明起来，你才算拥有了一个阔达的世界，相对完美的人生。

（2019 年 3 月 19 日星期二于北京游燕斋）

北京大妞

北京大妞见过世面，与众不同，有着性格鲜明、语言表达独特的秉性，这秉性，有地域特色，有皇城余风，有时代特性。对北京大妞，迎合中要有欣赏，交往中要有观察，共事中要有分辨。

北京大妞很率性。我见过北京大妞在大街上旁若无人地甩起胳膊走路，也见过北京大妞在广场信心十足地吃羊肉串，还见到北京大妞在会场脱口而出一句句京腔儿，更看过北京大妞对一位不讲卫生的男士进行劝说。北京大妞，没有扭扭捏捏，不会藏着掖着，直愣愣的感觉，有些硬，也有一些二。

北京大妞很爱说。北京大妞喜欢谈天说地，喜欢东家长西家短，喜欢叙说自己家里的陈谷子烂芝麻，喜欢嗔怪家人、朋友和同学。喜欢评点时事政治，更喜欢谈论足球明星、个性和动漫兴奋点。没有北京大妞不敢涉及的人间话题。有时，听到她们说的话，男人们也会惊讶，外地女人们也会怀疑她们是长在皇城下长期受文化熏陶的母性。

北京大妞想到哪就是哪。北京大妞大多是人来疯的那种，没心没肺，没肝没胆。想起来就做，忘记了，几个月就不去做本应该做的事，对人对物都这样。可能一念之间，就随别人到郊外旅行，也可能酒桌上就敲定，第二天就会去攀登珠峰。北京大妞，为自己活着，不看别人脸色，只要自己活得愉快就行，说走就走，说干就干。喜欢你，就风风火火地去爱，不爱你了，躲着你，就如躲着瘟神一般。适应她的风格，她就是天使，不适应她的风格，她就是魔鬼。

北京大妞，绝对是说理的高手。北京大妞深得北京出租车司机的精髓，又有北京古风神韵，加之现代化城市的熏陶，北京大妞说话，绝对出语赛流星，一套一套儿的。夸人不重样，损人自有招。句句真理，次次全胜。北京大妞不怯场，越大的场子越敢说，越高的官员越敢迎。不信神，不信鬼。有种，傲气！

北京大妞很能吃。在某饭店，我见过一位北京大妞，风卷残云一般，把一桌饭菜很快装入肚中。十个大妞六个胖，北京大妞善吃，因为北京聚集了全中国的各类菜品，有挑选的余地；北京大妞能吃，不仅自己的胃口好，还可能与北京人善吃的历史文化有关。北京大妞沾了土著的光，你想想，纵使你不是皇亲国戚，拐着弯儿从祖国四面八方而来求你办事的人们，历朝历代，谁不到京城请人吃饭办事啊！所以这北京大妞的吃风，是有历史渊源的；北京大妞一吃就胖，这也与北京的饭菜太硬、太壮有关系，谷物偏多，肉食偏多，吃了就长膘。北京大妞胡吃海塞，身体自然不像外地女人一样温顺、听话。慢慢地，身体就胖了。

北京大妞善担当。北京大妞善作善成。敢于做事，也敢于担事，从来不惧怕承担责任。自己说出的话，自己做出的事，从来就认账。北京大妞做事，比北京男人还爷们，比勇士还有骨气。所以与北京大妞共事，不必担心她暗算你，只有担心没提前计划好。没计划好的事，北京大妞也会义无反顾地去做，同样做得很扎实。所以没计划好的事，一旦让北京大妞做了，你后悔的机会都没有！有一位北京大妞，头天晚上在宴会上打算去西北地区支教，第二天一早就踏上了西去的火车，一干就是三年。她的作风，让我等缩头缩尾的人真是汗颜。

北京大妞，最看不惯事岔子。北京大妞敢爱敢恨，不惹事也不怕事。遇到事茬儿，你二，我比你更二；你牛，我比你更牛。有一次，见到一位北京老炮儿公开场合谝能，适逢北京大妞出手。那叫一个好看，真个是棋逢对手、将遇良才。最后当然以北京大妞大获全胜而告终。这是一个让北京大妞感到幸福的时代，这是一个让北京大妞扬眉吐气的时代！

北京大妞有舍我其谁的性格。北京大妞暗含着一种气场，这气场，是背靠皇城有历史的气场；这气场，是经多见广不怕难的气场；这气场，是傲视群雄不信邪的气场；这气场，是热爱古城却不时进行城市批判和自我反思的气场；这气场，是被男权社会围攻却又敢于杀出一条血路来的气场。所以北京大妞就有这样一种气概。是民间的救世主，虚伪者的克星，倒霉蛋的幸运神，古城池里自由自在的游鱼。

北京大妞也有一些坏习惯。譬如京骂儿，张口就来，我说北京大妞不怕事茬儿，或许就会被北京大妞笑话，她会把事茬儿叫作"事X"。反正，这类粗话我是说不出口，可北京大妞张口就来，或许这构成一个悖论：不说粗话，显不出北京大妞的"二味"；说了粗话，又感觉北京大妞少了女性该有的温柔。当然，北京大妞不仅善吃、善说、善做，有的还会一些劣习，譬如抽烟喝酒。北京大妞抽烟的姿势很爷们，喝酒的酒量很山东，让我这个山东人看了都很害怕。每逢遇到与北京大妞同席，我一般都不主动承认自己是山东人，免得受到她强大的酒量挑战，为山东人丢人。说不出来的真话也是真话，何况山东人傻直，一喝就收不住量儿，和一个女子拼场子，也跌份儿！

（2019年3月20日星期三于北京游燕斋）

干净的文学

　　文学作为净化人心灵的精神产品，从孕育到产出再到传播，都应该是一个干净的过程。唯有干净，才能成就文学。文学的干净，包含语言的干净、内容的干净、思想的干净。

　　语言的干净，要求作家要有自己的表达方式，无论你从事什么体裁的文学创作，也无论你写什么题材的作品，语言的锤炼是必不可少的。我喜欢阅读汪曾祺的作品，汪老的作品追求简约，追求言简意赅，追求意在言外，感觉很多话他没有说完，咂摸一下，话留半句在口头，比直白地全说出来要好得多。汪曾祺喜欢短句子，短句子拿人。欧化的翻译句子让人倒胃口。几乎每一位有个性的作家都是语言锤炼的高手。在这方面，散文大家王鼎钧先生可谓典范，他的作品除了有些模式化的痕迹之外，语言自有其精到之处，短、精、真、纯、趣，有别人无法比拟的风格。类似写作的还有作家阎连科、毕飞宇等人。看一个作家有没有出息，就看其对语言的修炼程度；看一个作家对文学是否膜拜，就看他对语言的净化能力。说明白是最低层次，说深刻是第二层次，说出趣味则是第三层次。好的文学作品一定要有值得推崇的语言承载，好的文学语言一定干净得像数学公式一样简洁。

文学的干净还来自内容的干净。虽然现实世界充满了肮脏，但文学要给人希望，文学要描绘人类的闪光点，文学要让更多的人和物发起光来，文学要引领人们向善，文学的细节所给人的恰恰是唯美的意象，哪怕一个罪犯，在文学里也有其人性的闪光。在描绘人和景物的过程中，要善于发现这些美的特质，多维表达美的意境，即使对外表丑陋的人和事物。无数文学家在这方面做出了尝试和努力。贾平凹先生《丑石》描写了自然奉献给人的哲理；杜十娘这个形象让我们改变了对妓女的印象。一个伟大的作家，要想创造伟大的文学形象，只有保证内容的干净，才能让你写作的人与物丰满起来，才能让内容彻底干净起来。很多作家热衷于猎奇，甚至不惜浓墨重彩描写作案手法和犯罪心理，把文学作品当成了犯罪教科书来写，这样的作家，充其量是记录型作家，他不能给读者提供唯美的形象，干净的内容，读者自然也就不买他的账。一个好的作家，会用美好的故事来融化丑陋的人和事，让我们这个世界在温暖中丰富起来。以这种心境推动的故事，才是读者喜欢读的故事；以这样的干净推动的流水情节，才是文学作品所要求看到的文学的干净。

文学的干净升华到极致是思想的干净，这种干净超越于权力的束缚，名利的困扰，需要抵达前人所未言，今人想诉说，未来人能接受的境界。优秀的作家总是思想的先驱，创新的情怀滋生悠远的思想，会给读者智慧之光。这思想继承历史，涵盖当下，高瞻未来。作家要有思想家的心胸，艺术家的韵味，他创造出的作品才能抵达思想的高度。干净的作品是有思想品质的作品，是能提升读者视野与格局的作品，是能开拓读者创新天地的作品，也是能穿越时代留存给后人的作品。很多思想家、哲学家本身就是文学家，他们不仅为文学之林贡献了光辉灿烂的文学人物，也为人类留下了可供研究借鉴的思想宝典。文学写作者要有塑造自己成就思想家的意愿。一些作家早年写过的作品随着岁月消弭了，问题在于他在创作中没有把握人类的精神趋向，没有找到思想难题的制约点，为了一时一地的利益，为了一己之私的情怀，为了说不到台面的利益，而撰写的文学作品，成了圈子也不读的东西，这样的垃圾文学，远离思想的干净，不能带给人丝毫的美感，存之何益？！

　　文学从语言干净起步，到人物干净装点骨架，形成唯美的故乡，再提炼出让人铭记的伟大思想，这样才能呈现给读者最干净的文学，就像纯净水，干净看起来简单，但对读者和作家而言，须臾不可缺少。

（2019 年 3 月 22 日星期五于北京游燕斋）

春洗

所有的衣服，在衣柜里整整待了一年，有的恐怕还不止一年，拿出一件，水一泡，就是灰尘的颜色。灰尘无处不在，累积起来，就是十分肮脏的颜色。我在家，看着杂乱无章的衣服，一件件把它们从衣柜里请出来，堆在床上，小山一样。我很少买衣服，掐指一算，来北京已经十年了，竟然积攒了这么多衣服。当然，有一些衣服是从山东带过来的。衣服们很知趣，青年时代的衣服，躲在了衣柜最后面，挤到前排来的衣服们，就是中老年人才穿的那些衣服。象征工薪族的白衬衫，一溜儿排开，竟然有几十件，发得多，买得少。衣服们在衣柜里，假如它们之间会对话的话，一定嗔怪我这个主人对它们的冷漠。

这是春天，窗外的风，凌厉地叫着，沿着山墙走，再凌厉的叫声，也隐藏不住春的柔和。衣服们被一件件塞进洗衣机，像等待教训的孩子。洗好一批，再装进去一批。我看着一件衣服塞进洗衣机，就回想这件衣服是什么时间买的？在北京，这一件件衣服，看上去每一件都平淡，但每一件后面都有故事。

伊给买的那件衣服，恰是在春天买的，在衣柜的最底层；同学送的那件白衬衣，依然是那么新。听着洗衣机发出快乐地转动声，想起母亲冬天里为我兄妹几个洗衣服，手都冻裂了。那时的鲁南乡下，没有洗衣机，冬天洗衣，简直就是受罪。不像洗衣机洗衣服，像哼唱，十分轻快，而天堂里的母亲，一生没有用过洗衣机。想一想，农村里的母亲，每一位都值得讴歌。

洗衣机工作的当口，我把花儿逐盆浇了一遍。这些花儿啊，自从搬到这里，它们一直就没有离开这个屋子。我去云南一年，女儿时断时续地回家，冷落了这些花儿，它们能侥幸活下来，就如在这个城市打拼的流浪者一样，真是劫后余生啊。擦拭了衣柜里的所有角落，静静地享受这寂静的一切。

女儿说她在单位集体宿舍里休息，总睡不踏实；我在外地也有这个感觉。唯有回到家里，躺在自己的床上，才睡得十分香甜。人是渴望安全感的动物，在有危险的地方，人就不自在。我在北京转眼十年了，我问我自己，平时活得安全吗？有没有在山东快乐？心里感觉踏实不踏实？这是需要思考很久才能勉强回答的问题。一个人离开家乡，就意味着与风险做斗争；就意味着在防范中时刻提醒自己。我想把北京当成自己的家，但北京是否给我家的感觉？

衣服挂起来了，先是十四件，紧接着又有十四件。挂不开了，我又把新洗的衣服挂在一个简易架子上。几年前，在人民大学红一楼居住时买的这个简易架子，没想到今天派上了用场。感谢恩师刘大椿，在我最困难的日子里，为女儿和我在北京生存，提供了居所。看到这个晾衣架，我就想到红一楼139房间曾给我的温暖。

等分门别类把衣服洗完，将所有的衣服悬挂在衣架上，好像晾晒着京城的十年岁月。衬衫有短袖有长袖，分出了春夏秋冬；所有衣服的颜色，也分几种，分别显示着我这些年的穿衣喜好。曾有一段时间，我十分迷恋穿红衣服，买过两件红色的夹克衫，现在却找不到了；一件睡袍，几乎从来没穿过，好像是那位诗人张女士买的，她现在到很热的城市去工作了吧！生活的机缘，总会让一些人短暂邂逅，又渐渐地分开。

这是春天的一个周末，我静静地把衣服塞进洗衣机，让水把衣服上的污垢洗涤干净。我想起在这个城市生活的十年，想起去年，远离北京跑到祖国的西南边陲享受孤独，想到身边过往的每一位兄弟姐妹。有些衣服，曾是他（她）们送的，有些朋友的模样，已经彻底忘记了。人进入老年，越来越不记过去的仇恨了，也越来越容易忘掉曾帮助过自己的人。记忆力减退是老年人的通病，这很无奈！

一直洗到半夜，才把所有的衣服洗完。晚餐匆忙而食，却很香甜。看着悬挂半空的衣服们，藏着十年京城生活的点点滴滴，心里还是想了很多、很多……这一场春洗，有些庞大，又有些过于集中，是比单洗一件衣服累人，也累心。我看着这些衣服，虽累，却无半点睡意！

（2019 年 3 月 24 日星期日于北京游燕斋）

地铁晃回了记忆

回到北京，像回到了拉萨，很多东西都忘记了，恍若隔世。去年好像去的不是中国南方，倒像是另外一个世界。在北京乘坐地铁，过去的卡丢了两个，在北京，起承转合都忘记了该在什么地方。这一年的光景，北京还是陌生了许多。

不想开车，也不敢开车，乘坐地铁都是这样容易遗忘，开车还不容易把自己丢失了？听厉先生说，他们单位挂职的人回来，人，明显木讷了不少；我莫非也是木讷了，按说不应该啊！瑞丽那地方海拔并不高，瑞丽的山水很美，瑞丽也没有让我生气的人和事。但终究是事实，遗忘过去，也遗忘了自己。

堡头有了地铁站，这一年的变化还是蛮大的。离开北京之前，知道这里的拆迁难度大，从家中赶往堡头地铁站，恰恰十分钟的步行时间，走着的感觉挺好。坐地铁的感觉不错，可以看地铁线路图，在哪里转车，在哪里停留，图上一看就知道了。

昨夜参加一个酒场，没喝酒。回京以后，基本就不喝酒了，朋友喊我，我也很少答应。习惯了过一个人的生活，看看书，不知怎么，就对过去的人和事，就忘得这么遥远，好像一切都没有发生过。

从光大花园出来，早晨可以给原生态文学院的学生们讲讲课，我的这些课，也许是专业文字工作者最忌讳谈的，我听从内心深处的声音。我讲到亲情对文学的重要，讲到文学需要彻头彻尾的干净，也讲到文学与休闲的关系。其实，沿着这样的路子，可以写出很多另类的文字，我希望得到同学们的反驳。有时探讨一个问题比确定一个问题还要重要。

公园里的花，渐次开放了。我喜欢这样的环境。不知怎么，有时就喜欢一个人在夜里徜徉公园，和花树们对话。这是北京的公园，带有皇家落魄的味道。处处都有颐和园的影子，我在昆玉河行走，鸟巢、此树和彼树上，充满了鸟声。我沿着两个公园行走，过河天桥上，可以拍一个照。等了好久，不见了部队上的那位老干部，也不见每天必然走过的长发女郎，更不见拄着拐杖而行的先生，只有一位中年妇女可以求助。所幸，她拍照的姿势看上去很专业，不辜负这一河春光。

从火器营乘地铁，可以沿着东路走，也可以沿着西路走。一年前经常遇到的人，好多在这10号线地铁上，永远或暂时见不到了。有的永远离开了这个世界，有的暂时离开了这个城市。一位校友师弟，在春天回到了广州，他经受住了北京冬天的寒冷，但他忍受不了北京春天的饥饿。

从六里桥换车的当口，过去的岁月似乎都映现出来了。北京是个很好的城市，很多岁月的闪光会从岁月里打捞出来。就像地铁上的影像，以地铁的味道再归还给你。

记忆的碎片在一点点回来，我拼接着这个城市过去的记忆，停下了手中的阅读。

在这个城市，阅读会让你错过春天，而地铁会让你把过去的春天叠加起来。

乘坐地铁而行，是最好的生活方式。

（2019年3月25日星期一于北京游燕斋）

编辑的人品

人对人的尊重永远不是单向度的。今天看老鸭的文章，很有意思。他对一个贪官的媳妇赞美有加，在这个世界上，唯有官的人品最值得掂量。作为一个写作者，我接触最多的是编辑，编辑有时也和官员一样，掌握着作品的生杀大权。文坛广泛流传着某某作家的处女作当初曾被扔进垃圾桶里，时间长了，被一位伯乐编辑发现，竟然成就了这位作家。这样的传奇多了，一方面说明了编辑的重要性，另一方面也说明编辑人品的重要性。负责任的编辑，对作者来说无疑是救世主，而对不负责任的编辑而言，作家纵使再努力，也是白费劲。正如一个十分努力的员工，你遇到混账领导，你自然就是混账了。遇对了人，无论对员工和对作家而言，都是一件值得庆贺的事。

有些编辑永远值得作者们回忆和学习。我一直念念不忘有一个《七台河矿工报》的副刊编辑姜曼瑞，当时我在铁路工程队，给这个刊物投稿，经常被采用。这位编辑给我的回信是用钢笔写的，字很漂亮，一次写好几页。作为企业报编辑，我几乎不可能给他带来任何利益，但这位编辑从字里行间充满了对你的尊重和帮助。如果说，我能对我的学生，有一点帮助，姜老师给我的品行教育让我终生难忘。这是20世纪八九十年代的故事。有几次通过七台河矿务局的同志查找姜老师的联系方式，始终未果。倘若有一天如愿以偿，我要将我的拙作，恭恭敬敬地签上我的名字，送给姜老师。不知道退休后的姜老师，现在一切都好吗？祝福好人一生平安。

一生见过类似姜编辑一样的编辑不算多，但不少编辑着实让人钦佩，记得当年写《最完美的抵达》一书时，编辑刘洁女士每天向我催稿，一部书稿就是这样催促出来的；编辑金龙先生跟我要去一本散文《城里城外》，不久就编辑出版了，后来获奖了，但我答应给他写的高铁书稿，至今没有兑现；德宏民族出版社的舒生跃社长和方萍编辑，对我在边疆挂职期间的散文进行编辑，出版了一本《瑞丽的瑞丽》，让我的边疆生活有了真实的印迹；红旗出版社的刘险涛先生，在帮我出版一本《秋辞》之后，正在操作一套"散文大系"书稿。每一位编辑都是我的贵人，他们以精细成就我的书稿。

至于报刊的编辑则更是精心。有的专栏编辑催促你稿件的时候，都是用温文尔雅的方式；有的评论编辑在让你修改稿件的时候，给你更深层次的尊重；还有一些晚报的编辑会精心为你的稿件润色、配图；更会有一些编辑帮你策划稿件的观点。在写作之路上，我遇到了很多人品很好的老师，他（她）们一生为人作嫁衣，自己几乎很少写作。这些默默无闻的编辑，如铁路上的铺路石一样平凡，但是他们支撑起像我一样的作家的奔跑。

最近在进行《高铁改变中国》一书的创作，合作方是人民邮电出版社。出版社的刘盛平编辑为作者着想的言行的确让人感佩；该社总编张立科和王威副社长每次与我相遇，彬彬有礼，是令人学习的榜样。如果说作家在创作时完成了一部书稿，而编辑给我的言行教育则让我更加享受作为一个学生的思索。编辑的人品，永远值得作家去思索。今晨，我在给学生讲课时提到了融入和超脱的平衡，而对编辑而言，他们想得更多的，就是融入策划、融合作者、融通读者的过程。要说无私，我想，编辑是最当之无愧的！

（2019 年 3 月 27 日星期三于北京游燕斋）

中回到少年

　　悠然回到少年，在颐和园。蓝天刚被雨儿洗过，松鼠还是少年时的样子，依然没有离开树，离开山。从这里跑向那里，好像故意和我捉迷藏。不觉得累，一点也不觉得。蓝天、白云、芦花，那彻底向昆明湖水投降的荷叶，黄成了一大片……西山深处的宝塔，此刻逐渐走近我，一切都那么明朗：石船、红叶、快陡成了90度的台阶。欢蹦乱跳的老人，互相呼唤着，惊叹着这一秋的景色。我在颐和园里，手忙脚乱地拍照。大地上落满黄叶，最后的柳叶飘摇在风中，集合了，士大夫的裙摆一般，胜过欧洲田园的气势。叶子，一片片，一层层，一团团，互相迭压着。风吹不动紧紧抱团的它们。昨夜，风把一棵大树拦腰刮断了。曾经，多少俗人走过这棵大树时，仰望、赞叹、羡慕，借此贬低大树周围那些小树的低矮和没有气质。也曾有几棵小树，的确被这棵大树遮蔽了阳光，被园丁们无奈地移走了；我在十年前第一次来到这棵树前，也曾被它所震撼：密密扎扎的枝桠，遮天蔽地；夏天发出的浓密的叶子，像人茂密的头发。到过颐和园的人，会说在皇家园林里竟有这样一棵树，一棵有

092

着巍峨气象的大树！在京十年，直到最近几个月才有机会天天游览颐和园。疾病缠身，要想摆脱，就需要有超人的毅力，在别人不能走的时段你还在走，在别人还在贪食的时候，你要学会饿肚子。终于瘦了下来，一斤、二斤、五斤、十斤、十五斤……我依稀感到，昔日那个瘦弱少年，又行走在大地上了。是的，重回少年的境况。少年的好奇，少年的无知，少年的快乐，重又来到这大地上。

然而，那棵树，那棵曾经被人夸耀的大树，终于倒在湖边了。倒在众树之下，倒在行人叹息的眼光里。曾有一个夏天，我发现了大树身上的一个洞，我轻轻给园丁建议，把大树身上的黑洞抓紧治理一下吧！园丁听了，浓眉以对：大树，大树怎么会有黑洞？！园丁像是自言自语，像是对我的多事投以不屑、嗤之以鼻。我好像做了错事，面对那密密麻麻走向前来与大树合影的人群。我自惭形秽！

大树依然巍峨，依然超过所有树木的茂盛之姿。我因为看到了大树身上的暗洞，每次去颐和园，都要绕开这棵大树。不敢和大树合影，怕大树砸到我。大树顶上绑着喇叭，提醒入园的游客要戴紧口罩。今晨，当我再一次躲着大树，却发现大树在一夜之间成为匍匐在地的将士。那喇叭也摔倒在地上，发出震耳的声音，提醒游人千万不要忘了防范新冠疫情的侵袭。突然想起村庄里那个大喇叭——那个在大队部老榆树上的大喇叭啊——歌曲会响彻到深夜，直到整个村庄和山峦都沉沉睡去。如今，老榆树仍在，大喇叭却不见了……

我行走在颐和园里，我想在颐和园里停下都不行。罹患疾病，就要坚持不懈地锻炼。减肥、减肥、再减肥，血压才能降低、降低、再降低。少年之气，却如一匹白马，飘飘而来。这皇家园林啊，却也有沂蒙山山道般崎岖、漫长。那桑葚、荷花、柳丝、蝉鸣、王八的身影，其实和家乡并无二致。曾记得，少年时积攒了好久的蝎子，终于卖掉，换来几本小儿书，而今，这一张游园卡，却可看尽皇家园林与北京城众多公园的无数风景和壁画。其实，走到老年时光，才知道又重新回到了童年。又回到那皇天后土的家乡啊！

是的，此刻。颐和园其实就是家乡的村庄啊！好人与坏人，狗叫与鸡鸣，王八和虾蟹，西山上的月亮，秋海棠树显现的红光，还有秋水的静美无言……一切并没有多少改变！好像家乡于此刻搬到了颐和园，又好像颐和园不过是升级版的家乡而已。

时光浓缩一下，正如身体如土行孙遁缩一般，匆然回到昨天，回到无忧无虑的少年，回到天真烂漫的少年。回到见着挑水的农家女款款而去的身影脸面泛红的岁月，回到烧几条蚂蚱、用手捧山泉当水喝的豪爽时光……这一切都回来了，就像我一直没有走出古老的村庄一样，一切，恍如定格在少年的意境里。

这又是一个秋天了。又是豆虫从黑土地里泛出黄绿色躯体的时刻，地瓜在落叶燃起的余烬里散发着香气，喜鹊骄傲地向大地炫耀裸巢的完美，大地在风的催促下，果决清理自己的容颜，以便安全过冬。我站在颐和园一座桥、又一座桥前，京城的时光十年不再回来。那棵大树，一夜之间就这样死去了，我真真切切像重新回到了少年。

少年眼中的一切都是美好的啊！卖香油的油篓和老人的胡须一样藏着神秘啊；少年嘴里品尝到的食物充满了无限芳香。土法轧的花生油抹在煎饼上，吃一口就馋掉了舌头。回到了少年该多好啊！忘掉了一路所有的颓壁残垣，忘掉那所有的惊涛骇浪、世事多艰，相信全村人都是好人的啊！在这大地上。

这一路少年的欢歌，也就回来了。看天空中的风筝飞舞，在原野上和小伙们比赛看谁能尿的最高、最远，一起听小黄雀婉转的鸣叫，或者就因为一次没有用巧力气而输掉一枚桃核而暗暗后悔。或者，罩麻雀的筛子会再支起来，或把新蒜和鸡蛋捣碎了，这就是天底下最好的美味啊，或把那没有袜子穿的双足，在冬天向阳的墙角掏出来，感受大地所给的温暖！

回到童年就回到了天真和简单啊；回到童年，就回到了心中的坦然。相信大地坚实的力量，相信世间的美好总会战胜一切邪恶，相信风雨过后总会有彩虹在天空出现！相信童话里的那位白胡子老头，会给我送来万千福音……

回到童年，就回到那没有一点心理负担的意境里去了啊！爱你所爱，想你所想，做你所做，说你所说……这世界上的一切，顷刻充满生机！这世界上的相遇，就有了无限爱意！回到少年，回到大地上的村庄去吧，怀着新奇和爱。

我在颐和园里，行人渐渐增多，如大地上的风。此刻，我就一门心思的想：回到少年！回到那一切为零的少年去吧！

（2020 年 11 月 20 日星期五于北京游燕斋）

第三辑　低端生存

读书与喝茶

总裁读书会的发起人刘世英先生邀请我参加迎接西班牙前首相的活动，西班牙前首相对总裁读书会很感兴趣，打算回国后在西班牙也组建一个总裁读书会。西班牙人爱喝咖啡，开会时他们喝咖啡，我则喜欢喝中国茶。在瑞丽工作时，在农场见到许多野生咖啡，可以直接嚼碎了果实吃。但一个人看书，还是喝茶为好。茶叶静静地落在杯底，心中悄悄地回荡书韵，这感觉特别奇妙！

总裁读书会，意味着让总裁读书，这是好现象。但凡企业家，都有自己的酸甜苦辣，喜欢在酒桌上打发时光。在中国，做一位优秀的企业家不容易，为了谈成业务，需要周旋于各类人物中间，企业家虽不希望呼风唤雨，但却渴望事事顺利。于是酒就成了润滑剂。遇到企业家喊我喝酒，我一般坚辞不去。一是惧怕企业家的酒量，二是害怕企业家劝酒的说辞防不胜防。企业家练就了与各类人打交道的功夫，嘴角稍一婉转，就让你乖乖就范。所以在企业家那里讲理，简直就是对牛弹琴。和企业家喝酒多了，就会丢掉正常的章法，民间伦理也没有了市场。所以我感觉有些企业家破坏了社会伦理。我这样说，有人会说我小题大做。但当您听到很多企业家（特别是中小型企业家），一说话满口江湖气，就知道我这种描述一点也不过分了。刘世英先生的高明就在于他把企业家从酒桌上拽出来，让他们享受到读书人的乐趣，一读书，企业家的境界就变了。

当然也不能一概而论，有的企业家从小就喜欢读书。儒商经营，可能少了些虎气，但多了一些儒雅，商场是战场，儒商的加盟，可以让这个战场有一点儒雅的情怀。企业家读书，因为有经历可以参考，有平台可以试验，这样的读书效果就更好。

把企业家从酒桌上转到茶桌上，的确是总裁读书会的一大功劳。几个企业家觥筹交错，不如举茶相庆。读书如赏茶，总裁读书会，每读一本书，像赏一种茶，可以是绿茶，也可以是红茶，还可以是其他茶。每个总裁，能从品书中感受尝茗的味道，也从啜饮中绵延书的味道。书香合着茶香，茶色里看出书态，茶品与书品共鸣，人心充满禅意，这样的交流，是茶香的散发，是书香的传递，是心灵的相知，是平和的交流，远远大于在酒桌上放浪形骸。

总裁读书会的读书方式，当然可以演绎到普通人群的交往。北方人的酒风，在传统的农耕时代形成，是到了该更改一下的时候了。喝酒伤身，知识分子的通病总拿小酒怡情来解脱自己。喝茶，过去从来都是饮酒的陪衬；为什么不能把喝酒当作赏茶的陪衬？从生理的角度讲，少饮酒、不饮酒对身体更好。烟可以戒，酒自然也可以限制掉。

有书相伴的茶香，书香茶韵相随的交往，才更有君子的味道。喝酒让人头昏脑胀，喝茶让人冷静，读书则让人明智。在碎片化阅读越来越多的情况下，读书是相对系统的阅读习惯；在现代人越来越珍惜身体健康的背景下，喝茶无疑是良好的健身方式。茶读，不只是一种习惯，也不只局限于企业家，其实每个现实中人，都可以享受这种精神和心理双重愉悦的味道。君子不妨一试！

（2019 年 3 月 29 日星期五于北京游燕斋）

太阳醒来

太阳每天都会醒来，有时比我醒得早，有时比我醒得晚。有时我能看见，有时我看不见。

我比太阳睡得晚。即使阴天，我知道，太阳早已偷偷地起床，它暂时离开了我们，离开了这个充满雾霾的城市。太阳早晚还会回来。即使是炎热的夏天，我也会迎着太阳，让太阳照上我一会。人走向老年的过程中，需要太阳补钙。

因为相信每天太阳都会给自己洗澡，我喜欢沐浴之后欣赏太阳。

春天，太阳醒在大地上，唤醒了万物。鸟儿在阳光的缝隙里穿梭，柳丝都是欢快的。在远离乡村的城市，我喜欢到公园里感受田野早晨的味道。在此花刚败、彼花怒放的交替中，我看着那一汪新藕叶盖上去年的残枝。然后夏天就来了。

夏雨后的阳光，没有夏日早晨的阳光受欢迎。连阴天给人带来长期的烦躁，夏日的朝阳则是最好的拂尘。我在马路上行走，向往泥铺的小道，这颇和春天的阳光不同。夏日的中午，我懒散了自己，一步三摇地穿梭在城市高楼间。高楼传递在大地上的阴影，在脚下延伸开去，一边是太阳的热，一边是荫凉的爽。夏日太阳，起得早，怎么追，也追不上。睁着蒙眬的双眼去追太阳，你会发现太阳总在往前奔跑的路上。

秋日的太阳，突然高亢起来，有时竟如要离我远去一样。如中秋节的月亮，越来越高，越来越圆，越来越爽朗。如远远飞翔而去的大雁，多了一丝丝冷。有时，太阳在寂寥的清晨与月亮对话，民间的俗人就杜撰了一个"日月同辉"的名词。一个夜间不愿意褪去的月亮，与一个早晨懒洋洋的太阳在秋风里对话，它们之间充满了冷漠，生活在日月下的人们，还是过着平静的岁月。我想对月亮说话，也想对太阳说话，而最终谁都没有说。先白了太阳一眼，再白了月亮一眼，我认为它们俩太多情了，无聊地悬挂在空中。

冬阳比我懒，不愿意说话，就像躲在被窝里不愿意起床的孩子。我想喊醒它。在黎明前的黑暗里，呼唤它，想象着乡下的亲人们，整个冬天，每天都会在墙根下晒冬阳的样子，想象着冬日的阳光其实就是上帝啊，它以它的慈祥，温暖这个世界上的每一个人。不管是男人还是女人，穷人还是富人，会写散文的穷酸作家还是不会写散文的浪荡公子。冬天的阳光，一样照射他们。上帝不一定存在，但太阳却会始终照射每一个人。

太阳如果太多，世人就会十分厌恶的，所以聪明的中国人，就杜撰了一个后羿出来，让他射掉了九个太阳，假如这最后一个太阳有一天丢失掉，连个替补的可能性都没有。假如没有了阳光，人们就会迷蒙在阴暗之中，眼光都会变绿、脸面就会惨白。夜晚的月光也会当成阳光一样向往。在缺少阳光的地方，即使阴性的月亮，也会成为人们膜拜的对象。

每天早晨，迎着穿窗而入的光束，我会与阳光对视片刻。我无语，阳光也无语。不一会，阳光大笑起来，我则双眼紧闭而宣布投降。太阳彻底醒来，它不会像我欺负月亮一样，那么让着我，聪明的太阳，只要你不看它的面容，它不会刺激你，它就一直照着你，让你享受它的幸福之光。

太阳醒来，对我辈而言，无论何时何地，都是好事情。有时我偷偷地去想，太阳的能量的确太大，要偷一束珍藏才好！有这想法，就不免看看太阳，生怕被太阳知道了，早晨再也不会醒得那么早……

（2019 年 3 月 30 日星期六于北京游燕斋）

腰带

鲁南乡下，二十年前，还有挽裤腰的做法，就是穿裤子不用腰带。现在不用腰带的少了，年轻人讲究体面，腰带都是名牌。我习惯了工程队生活，对腰带不讲究。随便一条腰带，捆来绑去用几年。过去腰带不讲究，工程队里如我的男子汉不少，要是一个大胖子，摇来摇去，过一会要提一下腰带，实在不雅也不方便。有两年，我曾经也胖。那裤子老扣不住。胖子的肉虚，不容易挂住腰带。现在看胖子太丑，胖子就是傻愣憨粗的代名词，我瘦下来好多，就感觉作为大胖子的不容易。

最近家人买了一条腰带，原来的眼打得少，穿上腰带，扣不紧裤子，一走路，裤子直掉，家里缺少打眼工具，出去寻觅了一遭也没有找到。还是把旧腰带拿出来系上。行走了三四天，老腰带确实是旧了，还裂开了口子。在工程队的时候，我很少去看这些。现在想想系着这样的腰带，我又有外扎腰的习惯，的确有些丢人。一日去参加朋友婚礼，还是把新腰带换上，人还多少有了些舒心，但裤子不听话，依然往下掉。酒宴过后，去当代商城找能打眼的工具，没想到一问到三层的售货员，人家就欣然答应帮忙。她拿过去左看右看，最后敲定，不从打眼着手，可以从切腰带头开始。同样一根腰带，要想紧身使用，我却一直想着打眼，人家就想着切去头上的一块。那女子眼睛很毒，一剪刀下去，当我再把腰带扣在裤子上，却是贴身又舒服的感觉了。这女子不愧是专家，专家解决问题的方式不像常人一根筋。

山东人说男人腰带松，一般就是调侃，说女人腰带松，则是指女人有作风问题。世界上的男女，就那么一点点风流之事，却被商场和官场运用得无以复加。人永远摆脱不了动物性的要求，所以性色之事永远是这世上不衰的话题。有不少女人是不喜欢用腰带的。阳光女人给人的感觉总是飘逸的，倒在官场的女人，为这个世界制造了很多绯闻，也让很多官员成为世人耻笑的对象。官场藏着人性的放大器，其实对民间而言，又何尝不是如此。商场的男女情事，文坛的风流故事，又何其少哉！

在越来越现代化的生活里，人很难摆脱生理的羁绊。衣服穿得再美，也不能藏住那肉色生香的感觉；腰带扎得再紧，也难以抵挡纤纤玉手的触碰。生活在都市与乡村的人们，除了肤色的区别，在生理上的要求几无二致。我有时在书房里思考，有多少人因为头脑指挥不了枪，而让自己的枪打坏了自己；又有多少人看待世界的模式其实就是腰带松紧的问题。在这个声色犬马的世界上，一条昂贵的腰带好买，但保持一条腰带永远拉紧裤子的风度很难坚持。人是容易被诱惑的动物，有时被人诱惑，有时自己诱惑自己，人类能管住自己的下半身，需要的不仅仅是头脑的理性。不管你是不是相信，我是坚信这一点的。

（2019 年 3 月 31 日星期日于北京游燕斋）

老街

老街在哪里？佛坪县城内，有一条200米长的老街。这条老街，有着两旁的高楼大厦，雕龙画凤，好不美哉！是年秋日的一个下午，我与几位文友参观此地，十分欣喜于当地人的念旧心理，造就了这条老街。老街的影子，只有那块铭刻"老街"名字的石碑可以证明了。古色古香的建筑，也在模拟着古城的影子，而全然无老街的样子了；整洁一新的道路，除了陈述着这个城市简单的过去，并没有留下半点古道的痕迹。人在上面走，讲着发生在这条古道上悠远故事，纪念着古道的前世今生，就为这古道而发出慨叹了。

是的，就是这条古老的街道，记录着一个城市从无到有、从昨天到今天、从弱小到强大的整个过程。一条不过200米的街道，穿越时空隧道，写满世纪风情。山里的熊猫或许走过，金丝猴也曾在上面蹦跳。它倾听过一年又一年椒溪河水流的声音，看过山里的花开花落，聆听过赤脚的穷人急匆匆赶路的脚步声，也曾听过战马在山涧中的长久嘶鸣……这是一条唯有名字还镌刻在当地人心头的老街。历史的具象，几经重叠，已然失去苍老的身影。其崭新的形象，覆盖了历史的尘土；飘摇的门旗，在炫耀着现代经济的发达。曾经何时，这条老街飞溅起久久不落的尘土，诸葛亮的部队走过吧？国共两党的部队走过吧……历史，总在前人的脚印下往复叠加，时光增加着文化的厚度。当我一踏上这条老街，就拥有了穿越时空的思想，在简单的思索中，可以看到先民们步履蹒跚，风云变幻中，城市历经千番磨难。是的，这是一条品尝过辛酸的老街啊！这是一条录下无数先人音容笑貌的老街，这是一条默默承载历史成长的老街啊，也是一条饱经沧桑而今犹在的老街……

每个人都有自己的故乡，每个人的心里都藏有一条老街。或者在城市，或者在乡村。老街，散发着古铜色的光芒，让你回望家族的历史和一个村庄的变迁，一个城市的今夕。历史，总在老街中跳跃。老街，则是典型的善本书。在老街之上，写满你对故乡的眷恋；在大地之中，老街隐逸成一段谜语。有心人读到它，会勾起历史的回忆；无心人看到它，也会发出思古之幽情。老街写满了生活故事，孝悌之情繁衍，伦理故事满巷。一段石墙，就是一个故事的见证；一段土路，写满前人填平坎坷的艰难。历史总在辉映中翻新，也会在对比中前进。走遍天底下的小城，城市会因古街道而闻名，你会因踏上古街道而激动！

佛坪古街道，算得上是一条短小的街道。这条街道，记录了一个城市羸弱的历史和发展的缓慢。曾几何时，生活在这座城市的先人们，经受着生活的磨难和生活的闭塞感觉，在重山阻隔之中，多年保持着城市弱小的格局，或者说，这个城市当年更像一个大村庄，一个小集镇，一个无语的山里汉子。河水哗啦啦，经年累月地流淌，河床渐渐加大，挤压着小城古道的生存空间。老街在倾听中自惭形秽，先人们在奔波中寻觅更宽展的发展之路。在度过兵荒马乱的岁月之后，在经过自然灾害的践踏之后，在度过数不尽的岁月之后，老街终于在某一天，迎来了光明的时刻。开始有异域的大学生打起背包、翻山越岭而来；开始有辛勤的建设者，不辞劳苦，为佛坪送来更多开山辟地的技术。城市如苏醒的冷水鱼，像大河一样灵动起来；大地复苏，百叶绽绿。老街迎来了自己青春焕发的时刻。老街之上，古屋倾倒而新房建起，层峦之中凸显一段新开的清明之境。虽没有斑驳的碎石路从地而起，却可见整洁的道路平展开来。我在抵达佛坪的当天下午，沿着这条古街道而行，感慨万千。一个城市的大小由历史造就，而一个城市人对历史怀念的情怀，却由现代人书写。这是由佛坪人完成的美好故事，在古色古香中簇生出来的城市街道，温柔的灯光是它的性格，飘摇的五彩门幡在叙说着一条古街的新生。一个人口稀疏的城市，因为古街而浓缩历史情怀；尽管受到新冠疫情影响，这条老街也给人一种盎然生机。当地的同行者，曾做过文化馆长，他给我介绍着这条老街的过去的现在，介绍着每一处房屋的变迁，介绍着老街上的小吃店和大红灯笼的来历，也介绍着高楼和红门的设计意境……老街在他的口中，如数家珍；当地人用当地话，介绍这条来自悠远的老街，正如听最年长的相声演员说最地道的相声，一下子把我拉到古老的回忆之中。叙述之后是静静的沉默，只有椒溪河水的哗哗声，和我们一起回味老街所经历的历史时光。

从老街踱步归来，久久不能休息。老街之美，不仅具有历史的况味，也在讲述着现代城市的变迁；老街两头还没有完全拆迁掉的古房子，好像还在怀念着这个小城市过去的历史。第二天一早五点半，我就从宾馆起床，在椒溪河淘过五六块石头之后，我再次拜访这条老街。清晨的老街，在熹微之中，初见敞亮之色；店铺大都关着，偶有开门的几家，发出吱吱呀呀的开门声，打破这个城市的宁静。老街，就是在这样在一天又一天的吱吱呀呀中醒来又睡去，我路过一个小商店，店家是一位貌美的女子，我向她讨要一个塑料袋，像昔日古道上向店家讨要一碗水喝的赶考书生。美女欣然允诺，操着当地口音，给我拿来一个最结实的塑料袋。我把石头，一块又一块装入其中，彻底解放了裤兜，人就轻松多了。

美女的淳朴、善良，正如这条老街一样古风朗朗。昨夜沿老街北上，今晨从老街南下。到老街南口，让当地行者帮忙，在"老街"石碑前照相留念。我捧起双手，为佛坪县城的人们祈福。祈福汉中这座拥有一条老街的小县城，日新月异，一天天会变得更好。

走出老街不过上百步，就看到一条相对宽展的大马路，就是后来建设的那条名曰"新街"的道路了。佛坪县城不大，一小时走个来回，应该问题不大。一条主街道，好像一个城府不深的人，看上去清清爽爽。几位卖菜的老农民起来的很早。猕猴桃、魔芋干、枣皮、天麻、蜂蜜……不一而足，我看到他们风尘仆仆的样子，急忙买了接连三个摊主的物品，仅野生猕猴桃就买了三家。也许是我回忆起乡下母亲当年的辛劳，也许是勾起我在边疆对农民的情怀，也许是三位卖家苍老的面孔感染了我。一位老太太，知道我离宾馆较远，见我拿不了沉重的野生猕猴桃，就一直帮我送过桥去。一路上，和她攀谈，老人快七十了，慨叹现在生活逐渐好起来了……望着她远去的背影，你会为生活在这样一个小县城人们的善良而感叹。

等文友们渐次起来，我们又一起到新街口的一家小吃店吃饭。店家所作的菜豆腐和面皮，正经而地道。忠德的确是忠德之人，从别处买来烧饼，几个人在吸吸溜溜之中，一顿早餐吃得满口生香。再次沿着新街、老街一走，似乎不用看什么博物馆，已经知道这个城市的大概。一个人所经历的旅程，要胜过阅读的万般感知。在老街之上，在这个千万国人走过，不少外国人贪恋的老街上，我来来回回走过了三遍。这三遍的每一步，我都把它看做扣响我心扉的大鼓。古老与现代、文明与科技、经济和单纯、发展与保留……众多意象交织在脑海里，让我对这条老街，充满了无限敬意……

佛坪老街，一条现代人需要永远记忆的老街啊！

（2020 年 11 月 8 日星期日 18 点写于光大花园家中）

有多少人迷恋中国高铁

中国高铁的发展真是充满各种有趣的故事。除了一般人乘坐高铁时欣赏高铁之外，有专门的高铁迷们长期围绕着高铁题材写作和拍照。在我的身边，既有铁路人被高铁所迷恋，也有铁路之外的朋友迷恋高铁。他们迷恋高铁的速度，迷恋高铁外的风景，迷恋高铁在中国的发展，也迷恋中国的高铁建设过程中所出现的庞然大物——如高耸的车站，平整的道床，迷优雅的动车。有人以婉约之风喜欢，有人以粗犷手法表现，有人则花光了自己的积蓄，几乎像疯子一样的喜爱中国高铁。中央电视台几次做节目，能看到观众朋友们欢呼雀跃，高铁处处拥有他们的共鸣点。现在回忆起这些年来，挚爱高铁的这些人，用文字、音乐和摄影、绘画，勾勒出自己心中高铁的完美。

曾记得铁道报社的一位女编辑，她对高铁的关注似乎与她对艺术的感觉一样美，她以细腻的笔触勾画出高铁的点线面，高铁在她眼里是一幅完美的画卷；铁道报社的一位社长，早年是一位作家，怀着对铁路的痴情，他书写高铁发展的全貌，作品赢得很多读者的青睐，这样的铁路新闻报道者，对高铁的清新，传承与铁路人对铁路文化的热爱，也延伸于当代铁路人对高铁的骄傲。

我还认识一位铁路技术刊物的编辑，专业业务的严谨配上他对摄影艺术的执着，他执着于两根铁轨，这些年来拍摄了大量有关高铁的相关照片。作为一位专业工作者，你从他的照片里可以看到他拍照的角度是那样精准。一幅图就是一个故事，一次拍摄完成一项概括。他拍摄的伸长线路上奔跑的铁路动车，远看一幅画，近看则是一首歌。动感而富有流线意味的画面，好像来自仙境。这样的情怀，引领他不仅拍摄中国的高铁，也拍摄外国的高铁。后来，他干脆离开铁路编辑岗位，抵达属于自己的艺术境界。他自费去有高铁的国家拍摄高铁设施，拍摄高铁与城市的关系，拍摄高铁给一个国家带来的变化。他把最美的高铁车站做成台历，把各国的火车头做成画册，把动车组做成模型和纪念品。从每一份创意作品中获得对高铁的快感。这位作者醉心于中国高铁发展，以追求中国高铁的轨迹成就自己的事业，可谓从享受快乐中获得成功。

如果你认为只有铁路人才会这么执着，那你就错了。中国高铁不仅吸引了众多铁路专业人员和媒体人员关注和热爱，铁路以外的人，乃至外国人也十分喜欢中国高铁。曾经有一位瑞士籍的年轻教授，十一年前忽然喜欢上中国的车站，特别是高铁车站，他就担负起向外国人介绍中国高铁站的任务。十一年来，跑遍了中国的大江南北，拍了一座火车站还要再去拍另外一座火车站。总有新颖的火车站在等待着他。也许是见过太多的国外的千篇一律的火车站，他对中国的高铁车站，怀揣着惊人的期待。他认为现在中国高铁不仅数量最多，将来也会成为世界高铁史上的风景。我看着他电脑里的一帧帧高铁站房图片，连我这个老铁路都叹为观止。客观地讲，和专业摄影家相比，他以局外人的眼光拍摄的铁路站房或者站台上的细节，都没有给人强烈的视觉冲击力和审美印象，但他以对高铁的爱，让很多高铁自然的设计之美复活。我赞佩这位小伙子的坚持精神，我也喜欢他拍摄的每一幅带有自己爱意的高速铁路照片。他一边介绍，一边把外国的铁路车站拿出来对比，分析优劣，把中国高铁车站的创新性与不足一点点讲出来，使人感觉他俨然就是铁路通了。

还有一位著名歌唱演员，多次找我索取描写高铁之美的歌词。她自费排演拍摄了歌舞视频；我还认识一位词曲作家，写高铁的诗词写了几十首，他对每一首都不满意，认为不足以表达对高铁的崇敬之情。对他的执着，每当我看到他对高铁的态度，都会让我陷入沉思。

中国高铁，是让中国人提气增神的出行工具，中国高铁刺激了无数人的神经，也让艺术家大发豪情，在这些艺术化的展示中，让人感受高铁的力量，就是飞翔的力量，展示了中国人的飞翔愿望。

（2019 年 4 月 4 日星期四于北京游燕斋）

聪明反被聪明误

这个世界上，打着各种算盘的人太多，但大多自以为聪明，聪明来聪明去，最后结局是聪明反被聪明误，反误了卿卿性命。凡事皆有定数，能做什么，就做什么；不能做什么，不要强做。称霸一时不代表永远称霸，自然是最好的调节器。

聪明是这个世界上人人都期待拥有的，但十有八九的聪明建立在占有、获得的原则上，谁得到，认为谁就是聪明了；谁失去，谁就是愚蠢了。聪明者睁大了双眼，满脸绯红讥笑愚蠢者，殊不知聪明的背后，隐藏着巨大的愚蠢。

这个世界对谁都是公平的，对人不公平的不是世界，而是人类自己。譬如，一个人按常理可以在这个世界上生存七十年，如果人类善待自己，像今天医学发达了，就可以让人类自身延长寿命；如果人类毁灭自己，世界大战造成的恐怖，毁灭的不仅仅是一代人的生命。小圈子有恶人，大圈子也有恶人。能把握自己行为的人，未必不被外界所消融。《红楼梦》中的"好了歌"说出了一种禅意，好就是了，了就是好。提醒人们，在高处要想着低处，在落到深渊时也不必认为万事皆灭。这是事物发展的辩证法。好到发紫就离坏不远了，难到极致一切就开始好转了。

人固有一死，有的人一生胸怀坦荡，死后都令人敬仰；有的人活着，他却如恶狼存世，当面背后遭人唾骂。这个世界上，真正的聪明人是遵循自然的，有些被别人误认为一生受委屈的人，恰恰把生活的大智慧藏在心底。之所以说，吃亏是福。对吃亏的人而言，不仅吃一堑长一智，也在吃亏中学会了内敛，从而保证了自己的安全；对所谓赢利的人而言，周围的公众早已心下明白了几分。历史不能重写，但历史是有记忆的。恶人篡改的事实不是历史的事实，置人死地而后快的人往往自己最终落得了悲惨的下场，被人置之死地者往往获得后生的机会。春天里飞长的麦苗被碌碡压后，反而能结出诚实的粮食。奇妙的世界，生与死的较量，聪明与愚蠢的对抗，历史与现实的观望，总是在一念之间，左右着人类的思维。

台上的人很少观望台下的人，等台上的人到了台下，他才发现自己当年的决定多么愚蠢。只是在台上的人总以为自己每天都在做着最聪明的决定，周围的欢呼声像过年的鞭炮，有谁知道这鞭炮声里，藏着不祥之兆？

每年春天，都有一段时间倒春寒，这时候，真正聪明的人会多穿两件衣服，躲避过这凶恶的一两天，他知道，寒冷过后，等待人们的是春天的温暖，正如黎明前的黑暗，总是挡不住光明的到来。在春夏秋冬，反季节的气候总是有的，人在这时候，所需要的就是一种平衡的力量。在这种平衡里，观察聪明者的所为，然后默然前行。

（2019 年 4 月 9 日星期二于北京游燕斋）

人的性价比

京东最近裁员时提到：凡是性价比不高的人一律裁掉！作为市场竞争的需要，一个公司有这样的理念，无可厚非。由此想到人的性价比评价问题，以不同的价值观去衡量，性价比真是不一样。

譬如在大型工程企业，是一位高级工程技术人员的性价比高还是经营任务开发人员的性价比高？是企业文化人员的性价比高还是推销人员的性价比高？是年轻人的性价比高还是老员工的性价比高？看似简单的问题，其实真不好回答。这存在着以不同的岗位、不同的时段、不同的贡献率去衡量人的价值的问题。

企业是一部大联动机，仅有汽油没有车轮，企业这台车，走的不会那么飞快。性价比，其实意味着与社会公平竞争的情况下，一个人的贡献率大小问题。这就存在着一个人能力的大与小，职业规划的长与短，文化积累的多与少的问题；前几年，某一大厂引进外国设备，找遍厂内专家，无人能解决引进设备的难题；而在另一个厂子找到闲置的一位国外回来的专家，他仅用一上午的时间就解决了所有问题。对闲置的这位专家，当时引发了大家的大量评论。这位专家的性价比高不高？答案不言而喻。同时，新工作的年轻人，工作时常会出现这样或那样的失误，但如果由此不给年轻人机会，就会在国际化进程中失去后发优势。如不少年轻人的外语口语能力很强，弥补了业务上的不足，提升了企业的外在形象，和老员工相比，这类年轻人的性价比高不高？

人的性价比，当然与岗位有关，一位性格豁达的人，让他去做经营公关可能更好些；而一位内向的人，做采购员可能更精细。如果把同一个人放在不同的岗位上，性价比就断然不一样了。有时高得吓人，有时低得离谱。

人的性价比，也与时空有关。不同的人在不同的时期，能焕发不同的性价比。一位老教授写文章，喜欢引经据典，与时俱进的东西很少，以现代人的眼光去看，他的性价比的确不高，而从传统继承的观点去看，他可能就是国宝，他的性价比就有了非凡的意义。

即使对同一个人，在不同的环境里，也会激发性价比的提升。一个人在此处一无是处，在彼处却风生水起。问题出在哪里？出在环境对人性的激发。人是活体动物，以抑制的心态对待员工，员工呈现的是低性价比；以敞亮的心态对待员工，员工焕发的是高性价比。这是外因的作用。

由此可以看出，以性价比这个动态因素来裁员，似乎有些过火。如果有较为贴实的性价比考核办法还算罢了，假如只是凭一时、一人的感性评判，或者如京东那样自定企业的裁员制度，无异于杀鸡取卵。过早或过窄地断定一个人的未来，对企业而言，实在不是明智的办法。

京东的管理，一直行走在探索的路上，但企业的壮大的确不是一朝一夕之功。企业做大之后，导致企业兴衰的一定是复合型哲学思维是否在起作用。如果凭简单的意气用事，大量裁员，丢失的不仅仅是当下的竞争力，也可能失去企业未来发展的潜力。因为，人的性价比，的确不是一个定数。假如每个人都保持恋爱时的火热用来工作，他的性价比一生都会很高。企业家如果把一个人失恋时的情绪或低谷时的思索，当作考核他性价比的指标，就像恋爱中偏听偏信的女人一样，最后获得的生活质量指数，不仅会丧失掉原有的期许，最终分道扬镳也不无可能性。

（2019 年 4 月 10 日星期三于北京游燕斋）

流泪的感冒

来京后，一感冒就流泪。习惯了北京的雾霾，却不习惯流泪。去边疆一年，一次没有感冒。边疆的空气实在是太好了。又到了泼水节，瑞丽的朋友邀请我前往，怕去了回来再感冒，也就罢了。

夜半醒来，一摸脸，脸似铁一般硬，硬脸不是好兆头，都是眼泪惹的祸。到底该怪北京的空气不好，还是怪自己的适应力太差，还真是不好说。

天天中午出去散步，希望走出去就不回来。如果是好天气，心情就像太阳一样光亮，要是坏天气，心情就是溜着墙角走的风。北京啊北京，期许的繁华日日都有，不像边疆的平常时光。瑞丽泼水节年年都有，但比平常日子来得宏大，节日更像节日。一个喧哗不已的大城市，宏大的快乐时光还真不多。但毕竟是 N 朝古都，也会有 N 朝再现。越大的城市，好玩的去处越多，但落寞的心理更盛。流泪的眼睛，到了城市就有了流泪的用场。在春天，泪水常常与眼睛密谋，共同暗杀美好，以祭奠春天的短暂。

就怕瑞丽也有一天像北京大起来，没有了采花的田野与山峰。其实，相对于泼水节那一天的正式与隆重，我更喜欢泼水节前一天去山上采花的原始与隆重。去年采花时，一路走到山半腰，这种宗教性的赤诚，暗含了民族的心情。云南少数民族，都有自己的节日。泼水节，作为对大地的回应，对自然的顶礼膜拜，有故事，也有风景。

如果把大城市的现代化看作幸福，边疆确实显得辛苦；但如果你把边疆的空气当做至美，边疆何尝不幸福？！人们忘情地载歌载舞，是以苦作乐还是把边远当作幸福？

边疆的泼水节，我不期望越来越宏大，**越来越有仪式感**。这样宏大的仪式感，就像繁华起来的都市，离原始的节日意义越来越远。我倒喜欢，少花钱、不拥堵的泼水节，一村一寨各自过泼水节，才更自然些。节日的商业气味越浓，自然文化味道就越浅。等到有一天，不去山里采花的泼水节，演变成城里的歌舞表演，泼水节的原始美就彻底失去了。这也是我纠结的原因。总希望瑞丽一夜步入大城市化的境界，却又担心瑞丽变得再没有边疆城市的模样。人真是奇怪的动物，向往未来却又怕丢失掉现在。

今年的泼水节，我就不去瑞丽了。在京的朋友三三两两问我泼水节的故事，我倒是撺掇他们去，越早去，越会感受到接近原始的味道，一拨老艺人逐渐离开了这个世界，传统就剥掉一层一层皮，最后就如剥掉的葱一样，里面什么也剩不下了。在越来**越喜欢敞露文化**的今天，越接近裸体，越就远离了艺术和自然本身。

北京到瑞丽，还没有直达的高铁可以**抵达**。如果修高铁，就像画一条线路容易，我希望把北京通往瑞丽的高铁线画得更美。现在从北京去瑞丽，可先乘坐直达芒市的飞机，只不过五个小时，再花一个多小时驰骋在高速公路上，就到瑞丽了。

瑞丽和北方不同，北方的春天，花多于果，瑞丽则果多于花。一种名叫羊奶果的尤物，能吃出万般滋味。印象中能一连吃上几个月，好像它在宣示着瑞丽的春天美而舒缓。不像北京的春天，似乎没有桃花的花期长，一眨眼，夏天就到了。所以，我特喜欢倒春寒，在春日里，有了多踟蹰几日的快感。流泪的感冒，正如被芥末激发的味觉，品尝的是春鲜的味道。

有病友说，感冒流泪很好，身体里的毒素都被排光了。哦！原来流泪还有这般功能。瑞丽的春天——不感冒，不流泪，去年的此刻，全市同过泼水节，而今年，我在北京却要一边听着泼水节的消息，一边过着感冒流泪的日子。每年春天，这样的感冒流泪，都会如期而至。独独去年在瑞丽，一个春天，不，是一整年没有感冒的机会，真是奇怪！

也许到很老很老的那一天，再去瑞丽，倘若瑞丽那时还没有发展成特大城市，瑞丽的孔雀还在，竹鼠还在，犀鸟们还在，我会在那里贪婪地感受一整个春天。吃吃羊奶果，品尝一下龙建平养出来的山蜜，再过过泼水节，感受整个春天没有感冒流泪的时光，那份心情，该没得说的！

只是今年感冒着，泼水节是无法在现场感受了。徒增一声叹息，唉！

（2019 年 4 月 12 日星期五于北京游燕斋）

北京城里的吹牛者

在北京，整天像看戏。各个行业有各个行业的戏路。社会上走一走，听一听，吹牛的还真不少。他们说话像演戏，办事像赶做一场戏剧。我有做影视剧的朋友，整天搜肠刮肚找故事，我就劝他们说还是到现实中去看看吧！现实中到处都是故事，在吹牛者身边卧底一年，保准您能成为天底下最能编故事的人。

鲁南乡下，能吹的人被称为"大侃皮"，这样的人，乡亲们也就是作为笑料之人待之。"大侃皮"意味着所说的话有形式没内容，或者形式超过内容，说话不靠谱。"大侃皮"个人没信誉，害得子女攀亲都很难。乡里乡亲，农村就那么几档子事，谁轻谁重，谁深谁浅，通过说话做事，平时已经了如指掌。一熟无秘事，所以"大侃皮"没有市场。城里则不同，城里社会分工细，人员流动快。分工细造成隔行如隔山，无知者无畏的同时，也为行当之间各自披上了神秘的面纱；加之人员流动快，吹牛者缺少长期性的伦理约束，吹牛不上税，谁吹得好谁有饭吃，所以城市里的吹牛者就多了起来。小城市有小群的吹牛者，大城市有大批的吹牛者。再特大的城市，像北京、上海，吹牛的人则如过江之鲫。

吹牛者在北京的底蕴是深厚的。上有几千年的皇城文化做铺垫，胜过历代吹牛者之遗风，下有吹牛者自己与日俱进的功夫，皇城锻炼忽悠者。"的哥的嘴，唱戏的腿"。单就纯粹北京的哥司机而言，忽悠人的水平已经让外地人难以接招，别说那些具有专家水平的吹牛者了。皇城的风一熏陶，会让很多人摇身一变。在皇城待过的吹牛者，自不是鲁南乡村野老那帮"大侃皮"所能仰慕得了的。

日前受人之约，周末去赴一农民企业家的宴会，说是农民企业家，其实他就是在郊区种菜的。笔者来自农村，见过许多农民企业家，常心生艳羡之情。而这位农民企业家那谱摆的才叫周正。只见一张大餐桌周围，摆满了古玩玉器字画，也有什么领导题词、名人字画之类的炫耀墙上。赴宴者多是企业家和会抽烟的女人，一看，拔腿想走，已无可能。农民企业家一串称呼让我都不知道姓什么了。我才发现自己身上原来有这么多光环可以炫耀。蔬菜企业家口若悬河地向大家兜售我的"丰功伟绩"，我恨不得钻到桌子底下犬息，但碍于情面，我也只好唯唯诺诺、满脸堆笑。一时间，觥筹交错，宾客尽欢。蔬菜企业家从国际吹到国内，从皇家吹到平民，从乡下吹到城里，从前妻吹到小妾，从孝心吹到治国安邦，从当年瑟缩在田埂之间到今天炫耀在央视镜头前，从满桌皆评点一圈到满墙物件皆数说一遍……一时间，整个餐厅洋溢着蔬菜企业家的洪钟大吕。东北人蔫了，内蒙古人笑了，上海人醉了，广东人晕了，我这个山东人傻了。

返家的路上，暗自生自己气，早知今晚看戏，何不闭口回绝。转念一想，也难得有今晚一观，蔬菜企业家的吹牛壮举，囊括了我见过的政坛、学界、商业、企业和社会上的诸多吹牛本领，今天算看了一场集中报告会。呜呼哀哉，临走前，我执意没要蔬菜企业家所送的据说是"纯无机最天然的原生态蔬菜"，我真怕下一次我不在的酒宴上，他把送菜这事当作又一项谈资。夜深了，几次回想蔬菜企业家的所作所为，想笑，却笑不出来！

（2019 年 4 月 13 日星期六于北京游燕斋）

写给南方一片叶子

不知怎么，我在一个阴雨过后的日子，采摘了一枚树叶，放到了我的日记本里。这个日记，只是形式上的日记罢了，在没有电脑的日子，日记终究是日记的样子。那时，笔触碰在纸上的感觉，很好！像触摸春天的一朵花。我怎么就触摸到这样的一枚树叶啊！当时，只看到这枚树叶的背影，然后它就被夹进我的日记本里了。

我真不知道最终的结局会是这样，当我在回到北方的某一天，打开那本日记，日记里趴着是几个稀疏无聊的文字，像荒地上长出的几棵草，而这枚叶子，却以它的背面鄙视我的存在。我想看它的正面，它比鱿鱼的吸盘还有力量，我用了好大的力气扯它，它的脸却牢牢地贴在纸上，像一个钻入土地的农民。我无法看到它的正面，它抱着"宁为玉碎、不为瓦全"的气质，与我抗衡，我不能再扯它，再扯，纸就烂了，怕它也烂了。我一时没有了主意，我就怨恨我自己，在阳光明媚的那个早上，我为什么就突然想起把这样一枚叶子夹在书里？再忙，总不至于忙到连这枚叶子的正面都顾不上看一眼吧？莫非就是天意？叶子以它图谋不轨的蛰伏，向我发出无声的抗议，这是一枚陷入惆怅的叶子，不知道感恩的叶子。

叶子的背面，依然很美。脉络清晰地映入眼帘，如美女肌肤上的脉线，反衬着叶子曾有的青色。多年来，我已经习惯了随便夹一片叶子或者花朵到我随便一读的书里，我想把时空留下，也想把记忆留下，把春天的花香留下，把秋天的玉米穗儿留下，把雪地里的苦菜叶留下。或许，这是病梅馆里侍花者才有的心情。某一天，再与书中存留的花花草草偶遇，久违的时光，重新打开它的脸庞，面对我苍老的头发，我们互望着，一起共同读书。

这枚树叶，鄙视了我整整一个下午，在阳光下我看它，黄昏里它看我，我不知道，为什么满树的绿叶，我单单选择了它，存留在我的日记本里，成为永恒。假如没有人再去焚书坑儒，这本日记，就会永远留存在这个世界上，即使我死了，这本日记依然会在，这枚叶子也依然会在。或许，即使日记不在了，这枚叶子依然会在，甚而被别人搜寻去塑封起来做成书签。只要有人把这一页纸撕下来，叶子依然脸贴着纸，俯首称臣。而它那一树的伙伴，却成了岁月的殉葬品。本来，那一树绿叶，有的茂盛于它，有的妩媚于它，有的疯狂于它，但都没有逃脱落地的命运，独有它，被我采摘下来，或者我根本当时就没有收藏它的意思，只是把它当作驱赶读书烦闷的道具，谁曾想，它就成了永远定格的风景，我牢牢记住了它，超过树叶旁边荒草一样的文字。它在书里以背影的姿势呈现给我。它的正面已经贡献给一页纸了，一页没有温情的纸了。有人给我出主意，说在水里泡一泡，自然会让那一枚树叶脱离开纸张了，我就会看到树叶的正面了。可我担心这样的行为，会损失掉叶子的颜色。叶与纸的结合，比我和叶子的缘分更深更透，要不，一枚普通的叶子，普通的好像 1981 年夏天我所见到的家乡的那片绿色。但这枚叶子留了下来。人进入老年的门槛，就像走了一个大大的 S 弯道，貌似回来了，其实离原点很远，一生都没有接触两个未知数，X 与 Y，或者代表男人与女人，或者代表大地和天空，或者代表城市与乡村，或者是一件事物的正面与反面，或者是行车与步行……我把这一枚树叶命名为SXY，我将这三个字母写在树叶下面，我希望有一天树叶苏醒过来，会看到我对它的祭奠。

春天的树叶最嫩、最清、最无邪，您不妨收集一片，为了避免让我这种只看到树叶背面的结局，夹进书的第二天，您不妨把它翻过来，或者在夹进书本之前，反复看看叶子的正面与反面，刻进脑海，以免终生遗憾。叶子的正面，永远是光滑的，露珠落在上面都会滚落下来，不像叶子的背面，像贪婪的守财奴，灰尘都不愿放走。只是我到现在也不明白，为什么这枚叶子，老以背影面对我，莫非它真的惧怕随着风雨飘落到大地上，消失掉自己的生命，而与纸的密贴，可以让它完善一份永恒的精神？

（2019 年 4 月 14 日星期日于北京游燕斋）

我无权怠慢南方的一片树叶

　　虽然每天早晨我用最现代化的电脑来敲打我喜欢的文字，我还是认为写作仍是一项最古老的手艺活。就像毛笔书法，又像一个人一刀一刀地去篆刻，刀具变成了电脑而已。又想起那一枚夹在书中的南方的树叶，作者总喜欢以当地的环境揣度其他地域，就像知道八哥会说话就认为天下的鸟儿都会说话一样。这样的心态很好玩。我以为把这一枚树叶夹在书中就如同给它找到了永恒，其实它在南方会依然活到现在，不像北方，北方是有冬天的啊！北方的冬天，一般的树叶一定会羡慕松树树叶，它们在冬天也会威武成一个个战士。

　　北方的树在冬天，拥有叶子的就成了雄性的象征，而南方所有的树木都像温柔的女性，一年四季都被葱绿的叶子覆盖，你不会知晓那一枚叶子落地，或许真有永远不衰落的叶子。我曾连续一周去看同一片叶子，今天它是绿的，明天也是，后天也是，大后天也是，绿成麻木的形状。它瞪着眼睛看我，厌恶我的无聊，我想，这棵树叶如果不衰落，新叶长出来，这树一年就会长出更多的叶子，无数的叶子拥挤着，会不会让一棵树轰然倒塌？也许，我就是以这样的心境看着那一树绿叶。第二天，我就无意采摘了一枚树叶到我的那本日记里。说无意，其实只是没有采摘我连续观察的那一枚叶子而已。叶子哭着离开了那棵大树，大树叶哭了，枝条上流出点点滴滴的眼泪。

现在回想起来，我以这样没有仪式感的态度，对待一枚对我没有任何感觉南方绿叶，实在是我的无知或者鲁莽，或者说我根本无权怠慢一枚南方的树叶，它是那样清脆，簇拥着它的同伴，拥有着它的微风，享受着南方的细雨。天空时阴时晴，不像北方的天，老如性格鲜明的汉子。这一树南方的绿叶，我以为我采摘了它，就是对它的好，恰恰割裂了它与天地的情谊。

南方的树叶很少有黄的，我站在绿树下，遥想北方的冬天那一树金黄，银杏叶成为北京秋天的象征，如同一位只写过一部长篇小说的老作家那没有一颗黑发的银白，有些人，有些树叶，只要一律的颜色，就可以壮美这个世界。我不知道，这样的美，对我昭示着什么！

说着说着就又翻开那一枚隐藏树叶的日记，树叶在日记里寂然无语，我以为为它找到了永恒，其实它彻底丧失了那一树的生命。它本应是属于南方的啊，我有什么权力把它带到北方，带到这个没有诗情画意的城市，带到这个让它感觉十分陌生的地方，带它到最不喜欢的泛着帝王气息和书卷陈腐气息的地方？我愧对这一枚树叶，这一枚让我扼杀了生命的树叶。

往上看，我敲打出来的文字，就再一次想起南方的那一棵树，那一棵挂满生机的树啊，满树的绿叶，就像一篇厚重的文章。倘若一片树叶等同一个文字，一个枝条等同一句话，一个树枝等同于一个段落，一棵大树就等同于一篇繁文。我的文字，在北方的森林里，属于怎样的颜色，怎样的味道，给人是疏朗的感觉还是浓密的陈述？我无法得知，我只需要采摘一枚属于我的树叶，放进属于我的日记，就等于永远珍藏了一树的繁华。

　　这天写着写着天就亮了，我合上了日记。那一枚南方的树叶，虽然脱离了它的母体，但在我的日记里，常给我定格的树香。我时常回家凝视它，它让我想到了很多。下面为它命名的三个字母很顽固。SXY——S，从山乡到城市是一个S形，从童年到老年也是S形，从昨天到今天也是S形，S是孙子与上帝的代名词；X是未知数，Y也是未知数，X是横坐标，Y是纵坐标，X与Y构成曾经走过的时空。这枚树叶，一如我的存在，永远珍藏在日记里，变成文字一样的沉静，即使有一天我离开这个世界，它也会和文字一样永恒。只不过，没有人能真正读懂我的文字，读懂我的文字的人一定生活在南方！

　　　　　　　　　　　　（2019年4月15日星期一于北京游燕斋）

地震

进入 2019 年的春天，北京有了两次微型地震。第二次地震，我和来自上海的明星先生以及来自东北的松华女士正一起就餐。吃饭时，松华女士说是地震了吧！我还以为是明星先生不小心踢了桌腿，不一会就有讯息报出来说地震了。北京的地震像蚂蚁咬人，小口微痒，容易让人麻木，大家呵呵笑着，地震的余波也就过去了

1976 年预防地震，似乎全国都在预防。那一年，我只有十一岁，生活在鲁南家乡。家家户户用木棍支撑起三脚架，外面蒙上布，里面挖个坑，好像回到了远古时代。鲁南大多是石头屋子，如果地震一倒塌，那可不是玩儿的。农村里很多村庄因为惧怕地震，发生了很多稀奇古怪的事。先是有人发现蚂蚁成群结队地出来，蚱蜢飞满天，然后是蝴蝶一串又一串的来，我后来一直认为，这是当地人的幻觉。我没有亲眼看到，但说的人有鼻子有眼，听的人也随着添枝加叶。有一个村听说大地震最多还有三个月就要到了，还有一个村发现了冒黑水，这两个村就把鸡鸭鱼狗统统杀掉吃了。每到夜晚，别的村子里，狗叫声和天上的星星一样

繁多，独独这两个村子，什么声音也没有，整个村庄如同死了一般。那一年，我的堂兄正好谈对象，嫂子是邻村人，姓卜，不识字，她的祖先或许是占卜的祖先吧，沉浸在爱的气氛里，没过门的嫂子整天脸上洋溢着笑意，跑前跑后，晚上，在防震棚里，嫂子好像和堂哥有说不完的话，每天晚上我要很早睡觉，第二天还要上学，露天去读的那种学校。听到他俩叽叽喳喳的甜蜜地说话，心里就有一丝怨气。责怪他俩，他俩也当耳旁风。有一位时家姑娘，当时追我堂兄，每天酸酸地看着我堂兄爱上一个不识字的人，还那么幸福无比，醋意十足而又无可奈何。我虽小，但能看出他们之间的故事演绎。还没等故事展开，地震就结束了。好像我的堂兄就是那一年结婚的。去年见到嫂子，已经满头白发，脸上的皱纹如同地瓜沟，深而粗大，全无了地震棚里的喜气。

地震终究没有来。在外地施工也有感觉到地震的滋味。有一年到甘肃去，赶上一个大一点的地震，恰好在草原上，人摇晃着，好像大地跟你开了一个玩笑。

平静的轨迹上人类惧怕交流不安全的信息，人人都喜欢听好听的话。回忆1976年的那场对地震的预防，怕是因为对唐山大地震的恐惧造成。但那时的地震棚却把人从文明的延续里重新拉回到相对原始的坐标点。那时，我喜欢在一家一家地震棚旁边转，有的地震棚周围收拾得干干净净，有的地震棚前鸡鸭猪狗遍地。没有了围墙的村庄，更像原始社会的群体，人们之间在惶恐中推测着地震的抵达，生怕地震在众人熟睡的夜晚袭来。有一位在外地工作的家乡人传过来一个方法，把酒瓶小口朝下，倒立在洗脸盆里，他演示着说，只要听到瓶子倾倒的声音，一定要撒了欢地往外跑，否则就没命了。倒置着瓶子的洗脸盆一般要放到桌子上，几乎家家都学会了这个简单易行的操作方法。某一夜，不知是哪家的狗猫碰倒了酒瓶，还是哪一家故意谎报了震情，一家起来了，全村人都跑出了屋子，有人披着毯子，有人一丝不挂。就这样在场院里等到天明。

后来大家失去了对这种方法的信任，开始有一部分人搬到石头屋子里去住了。住了几千年的石头屋还是让老乡们喜欢。地震终究如谎言所预示的一样没有发生。乡亲们逐渐搬到石头屋子里，恢复了以往的生活。那些空地上的防震棚，人们也懒得拆除，最后成了猪狗的领地。多年以后，我想到防震的岁月，心底还会涌上一种不安全感。

　　一般而言小震是大震的前奏，频繁的小震就值得大家警惕了。只是大家习惯了平常安全的日子，很少对大地震有提前预防意识。对 1976 年的那场地震大预防，虽然最终证明不过是虚晃一枪，但在已有大地震发生的情况下，那次预防起着"小心驶得万年船"作用，给人带来了安全的心态，让我每晚都睡得很踏实。

　　人活着，能睡踏实觉，也是一种福分。

　　　　　　　　　　　（2019 年 4 月 16 日星期二于北京游燕斋）

一方明净

不管怎么说，校园里的环境还是要比外面好得多。所以我一般在闲暇时间，喜欢徜徉在校园里。特别是周末，到校园操场上散散步，看看鲜花，逛逛书店，泡泡图书馆，或者干脆在草地旁的椅子上坐着，晒晒太阳。在人民大学泡了快十年的光景了，校园里的一切，越看越亲切，越看越喜欢，有时就把它当成自己的家了。

人民大学的校园，怕是最小的学校了，这样的一个院校，保持了延安抗大的作风，越朴素似乎显示着越迷人，从西门到东门，步行不过十分钟，这样的校园，连南方大一点的私家园林的面积都比不上，但却因其小，能觉出它的几分味道来。

国学馆门前的竹子，在春天里，簇出新绿赶跑旧墨，是一幅定格的画；环境学院前的玉兰花刚谢，旁边的桃花就开了，开成一树半红；一勺池旁边的空地上，落下的樱花与往年多有不同，厚厚的一层，有人把它们摆成一个不大的心形。落花不是无情物，化作春泥罩君名。在校园里走，我不忍心踩着它们，即使在地上，它们恰似安然入睡，我也以为它们依然是活着的。

草地上叫不上名儿的花也多了起来，有的是园丁统一栽种的，显露出齐整的花色，有些则是大地上随意开出的花，像来蹭课听的旁听生。我在散落一地的花瓣处留影，每年习惯了在伤感与向往并存的春风中穿行，不知不觉，人大已经陪伴了我十年。我问我自己，到底喜欢这校园里的什么？曾经的爱与徘徊，还是伤心与妄想，无奈与转承？一切，过去的，现在的和未来的，统统发生在这纯净之地上了。

教一、教二的教室，朴素而陈旧，外表的装点有点硬；教室外的花倒还别致，在校园里穿行，没看到十分硕大的建筑。老校长想打造大建筑、大学校、大人文的思想，对应到这样的空间里，好像使这个学校的格局一下子小了许多。

十年来，几乎吃遍了学校里大大小小的食堂和餐馆。学校食堂里的饭菜便宜，国家对学生有补助；餐馆也大众化，汇贤食府里的鲁菜，让人想起家乡的味道；峰尚盛宴的豆捞，味道甚好，每次去都要点上一两份；早期还有卖梅菜肉饼的专卖店，独有别处没有的味道；西门浴室旁边的理发师，兄弟几个，江西人，有一位兄弟，年轻时就给我理发，这一理就是十年。去年我到云南挂职，他回老家想娶一房媳妇，却没能如愿，我衷心祝福他早日成家！只见他的胡子也不刮，貌似欧洲大胡子，像刚从沙漠上归来的人；校园里的沧桑，如平静的河水，一切在温柔中进行，平静地让人随处可以感受到，不经意就会冒出来一份闲适。那一日，和一位女子邂逅，我俩在艺术学院的展厅里款款而行，墙上的篆刻与书画，张扬着作者的个性。人民大学的窄小里，处处藏着大智慧，藏着明净和希望，我喜欢这样的气氛。

水穿石咖啡馆，算是演绎了水的功夫。说水是君子，能随物赋形，但滴水也能穿石，只要孜孜以求，不卑不亢，就能看出水的功夫。水泡的咖啡，滋润了一批又一批学生，岁月，把咖啡店的招牌都洗旧了。水还是那水，咖啡的味道却好像变了。许多熟悉的脸，变成了陌生的脸；衰老的面容，变成年轻的面容，我却依然能在咖啡店里感受到以前没有过的明净。

是的，这份说不出的明净，就如洒进图书馆里的阳光一样，让人舒服。有时，我喜欢跑到人民大学书店里，泡上整整一个下午，进去时两手空空，出来时依然两手空空，肚子却是丰盈十足的。遇到喜欢的书，借阅来，到复印店复印十分便宜，这时，你就会感念人民大学的好，好像世外桃源一样。这里让你身心愉悦成春天的兔子。

（2019 年 4 月 17 日星期三于北京游燕斋）

芒果啊芒果

一早接到玉华的电话，说给我邮寄了最好的芒果，从瑞丽空运而来。我的眼角湿润了，这是进入 4 月份以来，我收到的第十六份芒果，都是来自我挂职的地方——瑞丽，其中有四份，邮单上已看不清是谁邮寄的了。每收到一份芒果，我都会心里难受一番。我何德何能、何情何意，能受到边疆人民如此挂念？我用什么来回报边疆人民对我的厚爱？离开瑞丽时，我曾许诺，每一位抵达北京的瑞丽人，我都要请他们吃上正宗的北京烤鸭。但来北京的兄弟姐妹毕竟太少、太少。瑞丽，一个走入我骨髓的城市，每一份情谊，对我而言都是那样弥足珍贵。祖国的处处河山，都是可以栖息的地方，但能获得精神的膜拜之地毕竟不多。感谢中组部，感谢中国中铁，感谢德宏州、瑞丽市政府，给我提供了去边疆挂职一年的机会。更值得永远珍藏的是，瑞丽人民的真切、不掺丝毫水分的情谊，带着边疆原生态的美，让我的灵魂时时受到震撼、心灵受到撞击。

我喜欢到一位善理短发的理发师兄弟那里理发，每次他都会和我欢天喜地的交流，从历史扯到现在，从贪官说到为民服务，从边疆说到大瑞铁路，从缅甸说到南亚、东南亚。理发师是保山人，有一次帮我理完发，他红着眼圈告诉我，他妈妈患病，他要急着赶回去。每次理发，对我俩而言，都是一次愉悦的交流过程。理发师兄弟听说我要离开瑞丽了，一定要喊我吃饭，我对老弟说：谢谢老弟，后会有期！离开瑞丽的那一天，我远远地看着理发师在他的店里忙碌，湿润了眼眶。我实在不忍心过去和他道别，依我感情的脆弱与丰富，一定会顷刻泪奔。昨日，收到他的微信，问我要家中地址，说一定要给我邮寄点缅甸的芒果尝尝。我接到电话，嗓子有些哽咽。鲁南有一位作家兄弟闵凡利，我在20世纪90年代认识他时，他是理发师，现在已是知名作家了。草根出身的我，对市井之民有天然的亲近感。瑞丽理发师，让我想起作家理发师兄弟。瑞丽理发师很有性格，我观察，有些官员找他理发，整个理发过程，他很少说话；有些人理发，他却滔滔不绝说个不停。他告诉我，我走后，来理发的一说起铁路，就会谈到我。我听后，与他一同哈哈大笑起来。好像他就在我身边，好像又回到了我俩在理发店愉快交流的时光。

边疆人民，像没有被污染的原野一样，处处透着清新。余加昌是铁建办主任，归我直接管辖，工作中我没少严厉批评他，接到他邮寄来芒果的短信，我一时泪流满面。这位兄弟，为了盯紧拆迁，母亲病重，他把母亲从梁河接到芒市医院，我说一定要去看看他老母亲，但终因忙碌未等前往，老人已经仙逝。加昌老弟也没有告诉我，匆匆回家奔丧，第三日就回来上班了。这样的兄弟，真是让人叹服。回到北京，想想自己平时对他的批评过于严厉，内心十分愧疚。

大多数邮寄芒果的人，可能是通过网络查到我的单位地址，只要邮单上有名字的，我尽量购买北京特产回赠。而边疆人民的情谊，不是北京礼品所能报答得了的。那四份没有地址的芒果，给我猜测的空间，后来我发现，多种可能性都存在，因为每一位瑞丽人都是这样亲切：工作不辞辛劳的景颇族小伙子，练太极拳的退休老师，喜欢翡翠雕刻的艺术家，他们都是我在瑞丽工作时喜欢交流的人。我好像看到一颗颗真诚、善良的心，他们把美好的祝愿邮寄到北京。客观而言，因为平时高血压，我很少吃芒果，邮寄来的芒果，我也随手转赠给北京的朋友们，很少拿回家的原因，一是家人很少，着实吃不了，另外，我也不想让家人与我一同陷入唏嘘的愧疚情感里。

芒果啊芒果，这是边疆的神果，又是边疆的圣果。瑞丽当地产的芒果很小，但味道独特；缅甸产的芒果，个大，外形和果肉都很诱惑人。我在吃芒果的时候，感觉已不是单纯地吃芒果了，而感觉重新回到了边疆，回到了那些洋溢着真诚与甜美的笑脸之中，感受一份边疆芒果的清香，是对我精神最大的抚慰……

（2019 年 5 月 7 日星期二于北京游燕斋）

长辈的谦和

从小到大，我们经历了太多的先知先觉。大人们一直在教我们如何长大，等长大了，发现大人所教给我们的那一套未必合适。但我们依然会用大人的思维方式去教育孩子，告诉他们不该如何如何。一代人总叹息一代不如一代，总会评价说未来的一代是垮掉的一代，但未来一直在延续着。年龄是个阻碍，一个人随着年龄增长，阅历有多广，他内心的障碍就有多大，这障碍不仅会阻碍自己，也会阻碍别人。

有时我想，我这样日复一日地写文章，是不是有些文字本身根本没有任何意义，原本善良的愿望化作了层层叠叠的阻碍，遮蔽人们的思维，就像一位老人在规劝自己的孩子？我们没有理由让别人相信你的思维是凌驾于一切之上的。只有经过实践认可的真理才是行得通的。昨天被我们当作真理的东西，今天因为条件变化了，这样的规律就不复存在了。老人最容易犯的错误是经验主义错误，经验主义的劣根性就是抱着历史不放。从某种意义上说，老人脸上的皱纹是阻碍思维的壕沟。如今，我的脸上开始泛起皱纹，我不希望我的文章布满皱纹。我为以前写过的文章而忏悔，或许，那些肤浅的文字曾经诱导不少读者，认为只有按照我说的去做，才能达到纯化的境界。

这个世界上，人生活的方式多种多样，别人的生活或者成功轨迹未必值得我们复制。所以选择大家一样的道路去生存，未必是一件好事。沿着通往森林的路，走到尽头未必有森林陪伴；沿着沙漠向前穿行，等待你的未必是无尽的沙漠。这个世界充满着无限可能性。我们没有一点必要去模仿别人。老人的话。可资借鉴，但不要奉为圭臬。因为太多可变的因素。快有快的好处，慢有慢的享受。不必心急，未来等待我们的还有许多未曾听过的声音。

不必怀疑一切的同时，也意味着不必相信一切。机会的多元性带来的是思考的多元性，选择的冷静，能让未来的路更加清晰。所以老有少心的可贵在于始终保持一种新鲜感，而不是自以为是。最幼稚的儿童说最真实的话，最年迈的老人说最世故的话。在真实和圆滑之间，一个人的度量衡把握好了，才有可能超越自己，超越别人的思维，不被纷繁的世界迷乱了双眼。人的职业可以退休，但人的思维永无止境。即使对一个死去的人而言，他的行为或著作也会影响更多的后人，人死了，思维还活着。我们向世界呈现什么思想方式，的确不仅仅关乎我们自己。历史评判的不是被权力保护的尊严，而恰恰倾向于尊重时代潮流的思想。

5月的北京，雾霾依然严重。往年这个时候，晴朗的天空或许要多一些，我在浪漫的向往中，吞吐着迷雾的侵袭。我想说，经验又一次让我自毁长城。所需要的是逃离这个充满雾霾的城市，在没有新鲜气质的环境里，你所呼吸的一定是污浊的空气。你的判断都是错误的。我虽老了，但我要以孩子的单纯，去除经验的捆绑，寻求新鲜的空气，这很重要，空气对我而言，有时胜过粮食。

所以越老越要低下容易被别人妄尊的头颅！

（2019年5月11日星期六于中国人民大学）

低端生存

　　当下，人们对"肉食者鄙"这句话应有新的理解了。低端生存的人，越来越多。喜欢吃野菜的人越来越多，离开鸿门宴的越来越多，远离酒肉大餐的人越来越多。从边疆到中心的人，开始慢慢从中心走向边疆。选择低端生存，已经成了很多朋友的当下选择。

　　低端生存，是因为高端生活给我们带来更多的累赘。汽车缩短了两地的到达时间，但也让我们失去了慢慢享受两地间风景的可能性。吃肉太多的人，上手术台的概率远远大于吃野菜而生的人。当一个人选择了繁华的生活，而没有给自己带来幸福的时候，他开始寻思低端生存的方式，这种方式才是最终保命的方式。

　　日前见到一位叱咤风云的人物，他在某企业工作了大半生，以前聚会时，他官话满满，很多高谈阔论，听者唯唯，观者诺诺。工作时所穿衣服一年到头都是纯黑色的，聚餐时满脸严肃。突遇事变后，他愤然辞职。半年相见，满面憔悴；一年后相见，形象大变，明显年轻了很多；近日相见，宛若翩跹少年。盖因此兄，抛弃了所有负担，删除了官场好友，专心锻炼，每天固定时间跑步、游泳、按摩，戒酒戒烟，吃素看花旅游，做最低层次的买卖，见面说话比每个人都接地气，对家务活动也甚得家人赞赏。这位朋友心态好像恢复到少年，几十年官场的倾轧，已难以从他的脸面上看出一星半点。朋友们都为他的低端生存而叫好！为什么他会判若两人？盖因社会角色往往让人脸谱化，让人失去了本真的自我，这位朋友让我反思良久。单位工作，天长日久地改变着一个人，把一个人格式化，渐渐失去了美、爱和追求美好的心境。以这位朋友为镜子，在过去的岁月里，我反思自己的工作、学习与生活，自然离我越来越远，虚假越来越近，无聊的高雅，吞没了有意义的真实。他的美好转变，让我想到低端生存的美好。

低端生存是符合人类最初意义上的生存，没有浮华，没有添加，不顾忌更多的形式，倾向于自然、唯美、低消耗，以最真诚的微笑，最朴素的语言，最廉价的餐饮，满足最真实的生活。看路边的景物，欣赏最近的天空，享受最纯洁的空气。摆脱名利的束缚，摆脱沉重的脸谱，摆脱昨天的沉重。过好当下的每一天，以清洁灵魂为重，以愉悦身体为要，以坦诚待人为宗，以平和静雅为好，轻轻松松度过每一天。

低端生存要求以最少的摄取获得最大的乐趣。低端和低调不同，低端，要求以最低的姿势，放低身段，与自然对接，与社会交融，不装不饰，不遮不掩，不虚不假，不逾不越。做一种心境的超脱，身体的强化，言行的转变。和低调的以低掩高不同，低端生存，不用心计智慧，只需真实坦诚。

在北京这样的大城市，做一个低端生存的人，需要有放弃的勇气，更需要真实的认知。想一想，这种生活真能给我们带来不是享受的享受。

（2019 年 5 月 12 日星期日于中国人民大学游燕斋）

文竹

　　办公室的文竹曾经养得很旺相，我离开北京时，这盆文竹还牵拽我的手，柔柔的，依依不舍的样子，让人爱怜。文竹不是一棵，而是一簇，枝叶相扶，根茎挺立，有艺术家的气质，又有志士仁人的筋骨，怎么看，怎么好。从北京到瑞丽，走得匆忙，没有搬走这盆文竹，后来不知所终。

　　我喜欢在办公室养文竹，记得在山东工作时，办公室的一盆文竹，每天都像宣誓的少先队员，蓬蓬勃勃，看了心头会一震。那是怎样的一种感受啊！蓝天白云之下，崇山峻岭之中，有一盆文竹端坐案头，看一看都是自然的绿；瞧一瞧都是人生的喜。这文竹，就像一个人的精气神。同事向我抱怨，他养的文竹，养着养着就枯萎了，一碰，黄针叶哗哗哗地掉，掉在办公桌上，像婴儿的眼泪。我养的文竹，到了冬天，像感恩的孩子，疯长。绿得像一朵云，浓得像一潭水，俊得像有教养的脸。然而，每每从一个单位到另一个单位，文竹都用来送人了。送者心疼，文竹犹如心仪的女子，分别既是永诀，这份心疼，只有内心深处知道。美在一瞬间定格，想哭都哭不出来。冬天的暖气，簇拥着文竹，文竹葳蕤着身躯，对我欲言又止。摆摆手，猛扭头，离开那盆文竹，就像决绝地离开一个城市一般，离开曾经的山水与故人，是风雪夜，是雨打伞面的声音——那份心底的欲罢不能，无言诠释。

在京多年不养文竹，养文竹的人多有雅情，是心情稳定、环境安全的时候才可以去养的。在离开北京之前，我也不知道自己为什么养这样一盆文竹，和我当年在山东养的气势形同而地别。虽说不上气宇轩昂，但也有几分雅士精神。然而要去云南了，只好和那盆文竹吻别，牵牵它的手，它向前爬过一段，多有不舍。然而，我终归还是去了云南。

云南瑞丽的植物多，看都看不完，如养一盆文竹，单薄而无味，显然对不住这里的植物。让一位兄弟拿来两根火龙果，肥大而粗硕，放在窗外，没过一个月，已然开花结果，疯长的火龙果，有些呆傻的迹象，长成一副无知的样子，和文竹相比，意境全无。气得我割下一大截，扔在盆边，让火龙果树不要再和仙人掌一样故作声势。但遗憾的是，这割下的火龙果，一个月都不见枯萎死亡的迹象。就怀念办公室的那盆文竹来。水土相易也，在北京，如果你要求文竹长得像火龙果树一样的威严，怕不可能；但面对南方的太阳，也只有火龙果这般粗壮，才能储存水分。太文弱的东西，抵抗不了环境的恐怖与恶劣。我没有在瑞丽看到过一次文竹的模样。我在瑞丽的办公桌上干干净净。没有书籍，没有文件，甚至都很少摆放一个茶杯。

忽而再回北京，又添置上一盆文竹。这盆文竹，由于得不到我每天的呵护，长得像被农人荒芜土地上冷落的庄稼。文竹叶子稀疏而无精打采，盆子虽大，但大而无当；倒是两块竖立的红石块倍显精神。我三天两头来看看文竹，文竹好像生疏了我一般，在北京的雾霾里，它能感知环境的恶劣。它的叶子，浅薄而柔弱，但它是敏感的，敏感成弱不禁风的样子。几天未见，在层绿中捧出一团黄，急得我直浇水。第二天，它再小心翼翼地挤出一点绿。有一根文竹，大概腻烦了集体意志，侧展出一根长长的须，怄气的样子，但终归难以阻挡整盆文竹的颓势。每次回办公室，我都会围绕着这盆文竹左顾右盼，徘徊半天，夸它，它不语；拍它，它不言。它哪里还有文竹的气质？！阳光难以抵达的案头，这样一盆文竹，正如无聊的看客，它在观望着我的到来和离去。我有时对着它看，我无言，它也无言。毕竟有几根文竹，实在坚持不下去了，银针像无边萧木纷纷下，我只好拿剪刀剪除它们。没有一点心疼，甚至没有任何感觉。这样一盆文竹，长成令人骇然的样子，的确令人叹息。我难以相信，同样是文竹，格调竟然这样迥然啊！

然而，终有新枝展出，何况还有红石块相伴。我并没有对这盆文竹彻底丧失信心。我见过葳蕤过的文竹，气势不亚于火龙果叶子。文竹本靠三两根瘦筋骨，托起一团真精神。有时，我看它缺水，却又不敢浇多水，怕把它淹死了；有时，我看它孤独，多看它两眼，又怕它走了心神。我有蜂蜜喝，而它只能喝清水；我有美书读，而它只能待闲着；我可以自由走动，永远离开这个屋子而不回，而它，只能孤独地度过漫漫长夜；或许，我还会到异国他乡生存一段时间，而它，不可能像我一样享受旅途的愉悦；我可以在北京的大街小巷看南来北往的漫无目的的人，而它，在办公室里，端然成了一尊植物化石，我不说一点消息，它就像傻子、呆子一样自以为是地活着，成为不死不活的一个存在。而装文竹的这个盆，依然鲜亮、威猛、气势汹汹；那两块红石块，本来是装点文竹的，此时，却断然成了盆子里的主角，看着一根根文竹长睡不醒的样子，我哑然失笑！

我真后悔，请来这一盆文竹，它的生命以及未来，让我充满无限的担心，以至于我的心头莫名地涌上一层牵挂，对文竹的怀念与赞赏，也消失了曾有的信心。

这是一个十分晦气的早晨，原因就在于这一盆，这一盆我曾经貌似以往却断然不同以往的文竹。

（2019 年 5 月 24 日星期五于北京游燕斋）

144

钢轨内外

　　靠两根铁轨吃饭的铁路人有个特点，喜欢谈论铁路。要是评述最喜欢自己岗位的行业，怕就是铁路行业了。过去，铁路人以在铁路上终老而自豪，也以后继有人而高兴。有铁路世家好几代。最近看到一个视频，祖孙三代都开火车，从蒸汽火车到内燃机车，再到电力机车、高速动车，一代更比一代强，一代更比一代热爱铁路。

　　铁路人骨子里对铁路有铁心，你不服气不行。我刚入铁路工程队那会，老师傅语重心长地告诉我，铁路工程队伟大啊，修了那么多铁路！修路人，做善事，为子孙修德积福。铁路工程队工作虽苦，但那么多人依然从一个工地到另一个工地，乐此不疲。对铁路工人而言，铁路工作就意味着风风火火，在工务、车务、机务、电务工作的工人，还有夜班，在寒冷的北方，这些铁路工人就像寒夜里的一尊尊神，维护着铁路运行。

　　铁路人苦，但铁路人不觉苦。在中国工人队伍里，铁路大军是一支训练有素的队伍，我在这支队伍里干了接近四十年，我知道铁路人对自己职业的热爱，半军事化的操守，让很多铁路人有了更加执着的一生。在西南铁路线上，有个工种，专门撬悬崖上的危石，以确保铁路畅通。

从事这种工作的工人，工作本身就蕴含着极大的风险。但他们无怨无悔、默默无闻地承担着这项繁重而危险的工作。

铁路人有铁路人的情怀。围绕铁路而生存的人，即使离开铁路了，还有铁路人的气息。不少走出铁路的人，依然会有铁路情怀。钢轨的气质，不仅培育了铁路人的性格，对铁路家属也是无形的熏陶。无形中养成的铁路气质，为中国铁路形成强大的气场奠定了基础。中国高铁一跃而起，从最初的二百千米，不到十年，发展到三万千米，成为世界老大，不能不说是铁路人的气息所凝聚，信心所推动的。铁路人最有牺牲精神，两条钢轨一条线，硬出一条平顺的线条，伸出一道延伸的旅途，为中国经济腾飞插上飞翔的翅膀！

在旅途中，在聚餐时，在开会间，倘若遇到铁路人，心里就会涌上认同感，倍感亲切，铁路已成为品牌，成为奉献的象征。

1981年我走向铁路时，不过是个十六岁的孩子，与我一同入路的工友们，如今大都满头白发，他们依然在一线拼搏，他们依然大口吃肉，大口喝酒，依然不辞辛苦夜夜巡道，或者在工地上彻夜加班。这些人对铁路的情怀，已然融入骨髓。有的退休老职工，回到农村不再适应，要求归队继续工作，铁路把这些员工的灵魂吸走了，有时我看到或听到这样的人和事，心里有种说不出什么的滋味。

钢轨内外，洋溢着不同的情怀。铁路一再改革，人们对铁路人的认识，也一再改变。如今，中国高铁有了底气，中国铁路人成为新时代的自强不息的符号，在为祖国无怨无悔地工作。铁路外的人要了解铁路，就要走到他们心里，与他们一道感受钢轨的信息。

中国，需要铁路人的顽强；中国，需要钢轨的闪亮；钢轨之内，蕴藏着铁路人的心声；钢轨之外，饱含了全国人民飞翔的愿望。钢轨的气息，让古老的中国，传递着现代文明的力量！

（2019年7月4日星期四于北京游燕斋）

雾里雾外

人真是奇怪的动物，好奇是人奇怪的原因之一。网络上的吃瓜群众一多，瞬间就热闹起来。有时翻看微信朋友圈，就一个平常的事件，热心的网民也会折腾出几番春秋。北方人的性格，就像北方的天气一样，一览无余才让人舒服些。所以北方人到南方去，一看到云雾缭绕，总要大呼小叫一番。为何，皆因雾遮美景，似有似无，万千气象虚无缥缈中给人无限想象。无雾遮掩的世界，映衬着被雾隐藏的事物，你中有我，我中有你，尽显让你欲说还休的无限可能，造就了南方美景的神秘。雾里雾外的景色不同，所以会让北方人惊呼。美景之美，盖因遮掩之美给人无限想象的空间。人是喜欢想象的动物，意淫，足以把一个人抛向梦想的天空，所以网民的无限想象，让这个世界充满了放大到无限的可能性。

假如没有一层薄雾遮掩，现实的真实，可能会让人大跌眼镜。因为有了这一层雾，雾里雾外的世界就有了更多延伸的空间。雾是动的，好像固定的景也是动的。这一静一动，让世界充满想象，让人类不能自持。人是最容易被人类自己煽动起来、兴奋不已的动物，皆因人有思想。思想就是一层薄雾，雾来了，有美也有虚假；雾去了，人却感到十分扫兴，好像被抽去了筋骨一样。

我也喜欢看雾，皆因为在北京城里一待就是十年。十年一瞬间，在皇城，难能看到原始的雾了。就像一座日渐强大起来的城市，逐渐看不见真实的大地一样。霾钻进雾的肚子里，让雾不再有美轮美奂的味道。冬天，雾霾让北京人有种压抑感。我看到患有鼻炎的人，时常发出浓重的呼吸声。在北京的冬天，这样的患者绝非一两个，当然不乏我熟悉的人。但他们压根没有考虑过逃离这座城市。在雾霾与生存之中，鼻炎患者看到更多的是雾，而忽略了霾的存在，寻找到属于自己的心理平衡，他们才最终选择在北京城里永远居住下来。我不知道自己是不是属于拥有这类思想的人。或许，未来的北京城，只有雾没有霾，这样的城市，结果是唯美的，还是虚假的？

雾让南方的山脉充满了神秘感，在氤氲之气中，万物各自生长。为什么南方的茶优于北方的茶，怕与这雾气的纯净有关吧？雾让世间万物似乎有了名气，在南方的雾境里，欣赏一杯透明玻璃杯里的几枚茶叶，人就有了腾云驾雾的仙人般的感觉，这样的体验，只有在南方森林密布的大山里才能体会得到。

人是需要短暂的假象麻痹漫长的人生的。所以雾总是不可或缺的东西。在南方，人生活着，安逸于北方，怕与雾这种尤物有密切的关系。雾这东西，不仅藏满水气，更能扩展成帐幔，让我们短暂相信这个本来充满虚假的世界不仅是真实存在的，也是唯美可赞的。所以南方比北方美景多，南方人的欲说还休，犹如雾罩的美景，总要胜过北方人一览无余地说出自己的所有，要好得多。

只是雾，这水变的东西，胜过清澈的溪流，扯出人间无限的闲话。不知是人类善于想象的功劳，还是自然调戏人类的杰作。

（2019年7月14日星期日于北京游燕斋）

148

性感蝴蝶

　　微信朋友圈是个好东西。除了谨小慎微的人不愿意发图文之外，普通人发点图文自娱自乐或取悦他人，并无什么不好。我平时喜欢发一点微信朋友圈，一是记录生活史，二是调节心情，三就是通过与朋友互动，告诉人家你正快乐地活着。最佳的互动状态是，朋友通过对你微信朋友圈的解读，有时让你脑洞大开。一般的平淡图文，被升华到无以复加的地步，让你不由得钦佩中华大地，的确是人杰地灵，智慧的头脑太多、太多。

　　近日，我曾发一展示双足浴于河水中图，引来跟帖数百。跟帖者语，让人忍俊不禁。言形说色，谈古论今，附会万事万物，不一而足。随便一梳理，就是一篇妙文。国人善于想象，由此及彼，由表入里，由古到今，都是无尽的话题。一图引来百家言，让没有意思的生活，顿时充实起来。

　　生活中的事，总存在"有心栽花花不发，无心插柳柳成荫"的结局。平时想拍一只鸟，鸟却跑了；想摄游鱼，鱼儿也不配合，尾巴一摇，就钻入了水底。那一日，专心去拍一处颇似太极图的河流，回来细看，竟有一只蜻蜓从镜头前飞过。具有立体感的蜻蜓，悠然飞翔的蜻蜓，没有任何警觉的蜻蜓，像贴在画面上的精灵，瞬间让风景变得整体灵动起来。感谢这只蜻蜓，它真是善解人意的尤物啊！

飞翔的生灵，总给人飘逸的感觉，触动人内心最深处的柔软。年初，在离开瑞丽之时，最后一次去看莫里瀑布，一只多情的蝴蝶，飞抵我的左手掌心，有一束光，穿透密密的树叶，打在它身上，怎么赶它，它都不走。这是一只充满禅意的蝴蝶啊，大概修炼了几千年。看到它，我有些想哭。这是一只可以让我回忆后半生的蝴蝶啊！在泛着凉意的深山里，它翩然而舞在我的手心里，我俩好像前生有个约定，它不言不语，像一位深山里修炼多年的老尼，专注于自己的意念。那一刻，我都不想走了，真想石化在那里，与那只执着的蝴蝶一起，陪伴这无语的大山千年万年。

不知什么时间默默喜欢上了蝴蝶。曾在青年时代读过《永远的蝴蝶》，一对恋人，把消失的美好，当成永远的记忆，而现实中的蝴蝶，总给人多情怀想的唯美境界。我喜欢随着蝴蝶飞翔的轨迹而行，我发现，几乎每一只蝴蝶，都在尝试着无目的旅行，它们的无目的，也许是最好的目的。有时，我真想与飘逸的蝴蝶一起飞翔，但我沉重的肉身，制止了我的这种想象。蝴蝶，好像从来不知道哭泣，它们即使不飞翔，也给人飞翔的感觉。

手机，让我完成了每天存留生活影像的可能。检索昔日影像，蝴蝶好像自然界发给我的信物，我拍摄了很多只蝴蝶。春天的、夏天的、秋天的。在南方，我还拍摄到冬天的蝴蝶；北京的蝴蝶、山东的蝴蝶、云南的蝴蝶、湖南的蝴蝶，这些跨越时空的蝴蝶，具有不同颜色的蝴蝶，装点这个世界的同时，也愉悦了我的双目。我感激大自然，竟然奉献出蝴蝶这类美好的事物，催发我日渐混沌的心灵不致萎靡。

好久没有拍到蝴蝶了，当我再一次从花丛中发现一只蝴蝶时，我毫不犹豫地拍摄了那只唯美的蝴蝶。蝴蝶很配合，它也像莫里瀑布前的那只蝴蝶一样，赶都赶不走，我把蝴蝶的美照很快发到微信朋友圈，希望更多的朋友分享这只唯美的蝴蝶。而微信朋友圈的朋友们，有好几位说这只蝴蝶是性感的蝴蝶，好像蝴蝶有了天大的罪过。

那一刻，我想哭。我真没有看到蝴蝶性感在哪里！我只是想，这只唯美的蝴蝶，会带着我一同飞翔，只是蝴蝶禅定了一般，任凭我心焦似火，它都一点也不领情，不飞也不走。而微信朋友圈里的留言，渐渐多起来，多得像集市上的言语。不少人断言，那是一只性感的蝴蝶，一只超过梦露般性感的蝴蝶。

我真想哭，是蝴蝶没穿衣服吗？还是蝴蝶被花香迷醉的神态显示一种不屑一顾的超然？这就是一只平凡飞翔的蝴蝶啊！它朴素得像一片落在地上的红叶，它只是想落在地上而已，只是如此而已啊！而生活在大地上的人们，用斜眼看着它，责怪它不该那么鲜艳、赤裸和自然。

我无法劝说蝴蝶，否则，蝴蝶倘若能听懂人类的语言，它该是怎样的懊恼？在人世间，面对这样一只无忧无虑的蝴蝶，我双手合十，为我自己忏悔，也为那些肮脏的人类忏悔！

（2019 年 7 月 15 日星期一于北京游燕斋）

第四辑　忖

蚊蝇之趣

与友人去一寺院，见一僧，脑门上馋蚊一只，僧人为香客添茶，不为馋蚊所扰，我看着心焦，一则怕蚊子老缠着僧人不放，有失僧人禅意，二则也为蚊子欺负悲苦之人喊冤叫屈。僧人为我添茶时，正说到一句俗不可耐的话，僧人嗓高八度，责令改变话题，我还没来得及噤声，那蚊子受了惊吓，早已飞得无影无踪了。我揣度僧人的怒语，卓然与我等俗众谈吐有关，怕也与那只执着的蚊子叮咬其脑门影响他修禅有关。只是这蚊子修炼不到家，僧人说话声音大了些，就飞速而跑了；看那位僧人的微信朋友圈，所发图片，看出僧人喜食辣椒。其曾去北方化缘，多日不食辣椒，偶见辣椒，如遇亲人。不知道辣椒是否为戒品，此辣椒的功能，超越那只蚊子百倍，让僧人童趣尽显。

北京拥有几乎各地的名菜佳肴，大宾馆、大饭店多，五星级宾馆里照样有蚊蝇出现。这里的蚊蝇，懂得游击战术，也有政客的系统论思想。与服务小姐斗法，越赶它，它越不走。见过世面的客人与见过世面的蚊蝇，惺惺相惜，一般喊蚊蝇为"空姐"。客人常以此逗弄服务员，让服务员快点过来赶跑"空姐"，客人们以此映射宾馆卫生不到位，服务员红着脸膛，从桌子这边追到桌子那边，那些苍蝇、蚊子，如厚脸皮的流氓、地痞，直把服务员逗惹得娇喘吁吁，食客们方显志得意满，见过世面的蚊蝇的确与乡间蚊蝇不同。但出入这些大宾馆的食客，断无乡间酒鬼们大气，我曾在乡间看酒鬼豪饮，与蚊蝇一起享受美酒佳肴，让蚊蝇们有肉吃肉，无肉喝汤。有种与蚊蝇"有福同享、有难同当"的豪气，接地气。我宁愿与这样的酒鬼结交，也不愿与洁净的容不下一只苍蝇的大宾馆食客们交往。

某次旅游，车上美女如云，美女怕蚊蝇，纷纷喷花露水之类以防蚊虫叮咬，我为俗男，最怕用雅物，拒绝了美女为我喷花露水，却也不见半只蚊子来侵。倒是那些喷了花露水的美女，屡屡受侵。大概我一粗男，肉味酸不可食，蚊子避我不及。我想这蚊子也是攀龙附凤、好色趋淫之徒，专门追逐美女，直咬得美女香腮乱颤。也许是吾等妄想乱猜。一日，看到报载，国外有科学家研究，蚊子为了族群兴旺，专盯智商高、肉食美的尤物而食。可见我不仅肉酸，也是弱智之人。愚蠢为福，让我在盛夏躲过蚊虫之扰。

现代人抵挡蚊蝇的措施太多了，人与自然交流的旨趣越来越少了。世间的动物与昆虫，在与人类成千上万年斗智斗勇之后，被人采取各种手段隔离、疏远了它们。随着动植物多样性的消失，未来的蚊蝇是否也会消失得一干二净？啪啪啪的拍蚊之声，有时飘荡出生活的味道，缺少与蚊蝇斗法的生活，就有些过于寂寥了。人却是不甘心寂寥的动物，每当看到那些依然自由飞翔的蚊蝇，我真怕它们一夜之间突然消失得无影无踪。

拍蚊子证明季节的变化，打苍蝇代表人类有讲卫生的嗜好。蚊蝇的存在，证明着人类的存在。没有了蚊蝇，人存在的意义该是多么无趣？自然界拥有蚊蝇，犹如人间拥有小人，不必刻意地去彻底消除，有对比才有高下，有拍打才有趣味。如果这个世界最终丢失掉所有的蚊蝇，倒茶的僧人该去何处参禅？惊吓而飞的蚊子到何处去寻觅人间的咸甜？

　　一位诗人对一位美女说：我愿意成为您拍死的那只蚊子——假如没有蚊蝇，这位诗人的道具到哪里寻找？人间该因为诗人的缺乏而丢失掉多少诗意！

（2019 年 7 月 18 日星期四于北京游燕斋）

人的层次

　　人生而平等，是指人生下来就其生理学意义和社会学意义并无高低贵贱之分。这也仅仅是生下来的那一刻而已，但随后，一个人因为其成长的经历不同，社会的影响不同，追求的目标甚而是所在的家庭不同，而形成不同的层次。一母生百般，即使是双胞胎，最后的结局未必相同；出生时是皇家贵族的，临死也可能不如一介平民；将军之子，最后可能是傻瓜一个。所以生物学意义上的人，逐渐发展成社会学意义上的人。人的层次就彰显出来了。

　　中国有一句俗话：三岁看大，七岁看老。一个人的悟性和心性，导致人选择不同的生存路线。一个信奉瞒天过海、拉帮结派、呼风唤雨生存原则的人，他可能整天享受在众星捧月的幸福之中，意识不到危险恰恰就在这虚浮的张扬之中隐藏着；一个眼睛只盯着手里小算盘的人，难能让他承担更大的社会责任。

　　人是分层次的，从思想上来说，人的层次有高低、有宽窄、有深浅、有远近。思想高的人，考虑的多，大智若愚，貌似失败者，但从长远来看，他是真正的胜利者，他的思考富有宽度，照顾到方方面面；他考虑问题的方式往往是纵深型的，甚至常常看到问题的反面，更多时候，他不计较一城一池的得失，而放眼长远。这样的思想者，小则成全一个人的名声，大则成为人类思想史上的大家。马克思、康德、亚当·斯密就是这种思想家人物，他们的思想，既是经典之作，也是推动人类前进的动力。这样的思想家，思维是开放的，目光是长远的，推理是严密的，语言是逻辑的，贡献是无限的。

人的层次，体现在行为上，最突出的表现检验，是看其贡献式行为还是自私性行为。相悖的两方面追求，成就不同的人生格局。同样是总统，有的总统成为世代传颂的智者，有的总统却为后人所不齿。他们言行中的思想基质，确定了各自的操行、品性的高低。人的层次因此而出现玄幻性变化。

中国传统文化说"人不为己天诛地灭"，强调通过后天的修行来完善自己。但儒家文化过分强调"修身齐家治国平天下"，更多目的是满足皇帝老子的一私之欲，只有仰望于皇帝老儿的脸面，才能获得适当的恩典，所以我说，儒家文化从某种意义上培养的是奴性文化，或者说是自私文化。中国历代皇帝中的大明君，无不是超越传统皇帝的一己之私，才有雄才大略治国安邦之气势的。放到人类更大的视域里去看，皇帝的造化，不管是大皇帝还是小皇帝，终没有超越地域的界限，没有从人类的终极思想去考虑。人类毁灭，总在人类的自私之境里转悠不出去。所以，皇帝虽分层次，但最终没有跳出一个大而又小的格局。

近现代的人类文明，有了更宏观的视野，对国与国之间的交往，人与人之间的交际，有了更新的认识。这种认识逐渐形成全球化共识，为人类的进步发挥了重大作用。即使现在最自私的人，认识世界的能力，也大大超越历史上那些目光短浅的人。但问题的另一面是，古哲先贤的认识，并没有被后人完全悟通，有了世界眼光的现代人，未必有为世界着想的大胸怀。

　　人类未来生存的空间可能更巨大，或者说不仅仅限于地球。科技文明为人类探知未知的世界提供了无限可能性，也为人类自私自利扎上了前所未有的翅膀。在人类生存的格局修为上，无论是前瞻未来还是考虑当下，都存在如何考虑人与世界的平衡问题，自我与他人的和谐问题，今天和明天的穿越问题。这需要被现实生活羁绊的人超脱现实的眼光做依托。只是更多疲于奔命的个体，只想多享受一些现实利益，于是让人在人中，人在历史的链条传递上，人在与自然的对视里，显出各自不够长远或者宏大的层次来。这层次即是时空之别，又是思想之异，更是行为之歧。而为人类考虑的智者，可能在其躯体消失之后才能让全世界感觉到他存在的价值。而这样的存在又被新的现实的利益存在所淹没，从而构成人类在新的历史阶段中的新的悲哀！这就是人类的宿命！

　　　　　　　　　　　（2019 年 7 月 25 日星期四于北京游燕斋）

每个人都是一条河流（序）

　　水是灵性的物质，也是人生存不可或缺的东西。在大地上行走，山山水水所给人的感觉，是自然，也是禅意。我喜欢山水，喜欢一个人沿着河流溯源而上。随着工业时代的侵袭，清澈的河流越来越少，有些河水已经断流，干涸的河床默默无言，是抗争也是无奈。我无法知道河床深处是否潜藏着一股暗流，在河边行走，我喜欢自己变成一只鸟儿，飞翔在河边的小树上。我最喜欢没有规则的河流，在岸边，可以捡到被岁月镀亮的鹅卵石，在无人惊扰的世界里，我把双脚插进湍急的河水中，水儿撩拨着你内心深处的情愫，望着滔滔河水从上游而来，又奔着下游而去，你会涌上无限感慨。冬天，在北方，河面封冻了，我喜欢贴着冰面，听河水流动的声音，河水啊，昼夜不息，无论春夏秋冬，它就这样彻夜不息地流着。有时我想，人活着，多像一条河流啊！是的，每个人都是像一条河流，起自祖先的源流，受自然之美的熏陶，感受四季风霜雨雪的变化，水儿由少到多，从此处流向彼处，带着泥土的颜色，带着草儿的香气，以水的潇洒，随着时光漫步，沿着河床前进，无目的中的抵达，闪转腾挪，展现着属于自己的风姿。有时这条河流，拗不过山洪暴发，水满为患；有时这条河流抵挡不住自己的欲望向外扩展，塑就坚硬的外壳，但始终保持内心的柔软。每个人都像一条河流，写作者更像一条河流，散文作家则更像漫无规则的河流，在洋洋洒洒的流淌之美中，度过书写的一生。

每一个写作者酷似一条河流，无论这条河流或大或小，或南或北，或阴或阳。写作者涌动着写作的快感，为读者构建意象之塔。在散文家队伍里，这些河流一样的写作者，既保持着与外界的融通，又保持着自己的个性之美。有时泾渭分明，有时如黄河之水万马奔腾。不同的散文家，展现着不同的河流风格。限于年轻时职业选择为流动型的工作，为我热爱散文提供了可能。我第一篇散文是在工地上写的，是写马齿苋的，我至今依然记得那篇百余字的散文。自此，散文如影随形跟随了我大半生。写作初期就有了互联网，那时有个新散文论坛，招引了不少文学爱好者。当年活跃在那个论坛的散文作家不少成了名作家，也有些散文作家成了诗人和小说家。青年时代的文友聚了又散，很多人离开了，坚持下来的写作者带着河流的痕迹，你能从他们的文章中感受到过往，感受到曾经的相聚与分别，那些感伤的文字，那些青年时代的豪爽之气，那些苍凉的呐喊，都带着河流的气质。

岁月流逝中，我发现，不少写作者由诗人转向了散文，由小说家转向了散文，有的则由打工者或者企业家转向了散文。散文的品质，吸引着众多写作者和非写作者的目光。散文以它的平易性归拢着众多人的思维。对浮躁的城市，散文是静心的工具；对优雅的自然，散文是最好的知音；对未来的探知，散文有着科学的审美。散文之美营造着人生之美，人生之美撰写着散文之美。于是，和红旗出版社毛传兵先生、刘险涛先生商定出一套十卷本的"散文大系"，之所以强调"大"，一是言作者之多，二是要收集散文作家中不同风格作者，三是希望每辑十个作者的出版方式，坚持长期做下去。主意拿定，很快就收集到近二十位散文作家的作品，从中挑选了十位散文作家，作为第一辑"散文大系"出版。

在选的十位散文作家中，既有学者，也有公务员，还有企业工作者，来自不同行业、不同领域的作家，以他们的书写成果，为读者提供了一条条风格不同的河流。

散文家是语言之河。散文是进门容易提升难的文体。散文很难藏拙。散文更注重语言之美。中国是文学大国，浩如烟海的文字世界里，散文之美自古至今都在擦亮读者的眼睛。散文的语言变化，给读者带来多重审美体验。本辑散文既有学者马步升、路也的学术性散文语言展示，也有陈洪金带有明显方言特色的散文佳作，还有呈现移民特点的刘荒田先生的扛鼎之作。在语言的河流里，每位作家都呈现出独特的艺术审美，展现了各自的语言风格。青年时爱写诗的散文家王冰，其作品中的诗性之美令人心动；同是作为文学编辑出身，刘洁散文的飘逸、李培禹散文的精致、刘琼女士的优雅、张文睿先生的平民化，却各自透出自己的艺术追求。语言的闪光永远是散文追求的质地，散文语言不同于诗歌的高度凝练，也不同于小说语言的故事化叙述，散文在无形中锁定着有形之美的语言质地。在语言塑造的通道中，散文家的推敲之功要更见功力。陈洪金先生当下的散文佳作和我青年时代最初认识他时相比，其语言功力彰显了一位散文家语言雕刻的自觉。《时间伏地而行》是散文家刘洁近年来创作的散文精品结集。全书分为"行行地下铁""时间伏地而行""少年人·尴尬事""天地之间是仙境""最美丽的中国语言"等五部分。刘洁以简洁而具表现力的语言，诚恳的写作态度，将绵延不绝的热情倾注在笔下的文字中。刘洁的写作往往对描摹的对象进行深入且有质感的展现，文字节制、温和而有硬度的呈现和呼应了人与人、人与自然及社会，和人与文学艺术间彼此交融、共生又各自独立的状态，她的写作对拓展文字的表现空间与行文中的张力巧妙结合，引起读者的阅读快感有极大的作用，同时她的作品总是敏锐而独特地将唯美的追求和理性视角集于一体，使读者阅读后感到和作品、作者的距离很近。

　　散文家是思想之河。思想作为散文的精髓，向读者传递着散文之骨。古今散文大家通过各自的思想呈现，完成了作家的艺术风格追求之美。王冰作为一位散文评论家，他的散文一方面自觉规避散文作者的通病，另一方面闪现思想的锋芒。作为鲁迅文学院的老师，其散文作品所呈现的叙述自洽性约束，能看出作者的逻辑修养；而诗人路也的散文、随笔，既有发表在报纸专栏上的千字文，亦有发表在纯文学杂志上的万字长文。作者是一位女诗人，她以相当活泼的个人笔调涉及宽泛内容：女性视角下的日常生活经验和存在之思、亲身游历中的东西文化比较、阅读和教学过程中产生的思维火花、对现代人类困境和生死问题的感性体悟和形而上思考，等等。她的这些散文随笔可以与作者本人的诗歌创作形成某种相互参照。作为诗人的朋友，多年前，她曾为我的拙著作序，至今读来，饶有趣味。马步升是一位文化研究学者，其学术风范展现在散文创作之中，显示出作者非凡的学术功力。同时作为一个文学评论家，马步升作品宽松中的严谨又给读者思想以启迪。

　　散文家是自然之河。越贴近自然的作品越真实，越透露自我世界的散文，越能赢得更多的读者。刘荒田先生的散文睿智、诙谐，幽默中悟透人生，调侃中穿越时空，不做作，不卖弄，叙述中有故事，他的散文可以当小说读。这与作者的经历不无关系。这位在异国他乡工作了大半生的散文家，世间的炎凉已经化作散文语言的养料，在自然的流淌中，他以一种融入又超然的笔调，构建了独特的散文世界。自然永远是散文家追求的圣境，而要达到这样的圣境，需要心态的平和、思考的睿智和人性的宽容。刘琼的散文，带有城市女性文字工作者的悲悯情怀，她的母性之慈与为人之善统一于文字之美，构成了她散文的宽大与良善之域。

　　散文家是历史之河。散文在传承着散文自身的历史之美，也在传递着文化接力之美。从这一辑散文佳作里，读者能看到各位散文家对历史文化的继承与创新，对当下现实的解读和对未来发展的展望。散文家和科学家最大的不同是，前者创造意象，后者寻求创造具象化的工具。历史需要剖析，需要散文家的想象还原历史的真实；未来需要意象之美，散文家没有科学家所带来的高科技工具的实惠，却能让读者在意象之美中解除生活的病痛。在这辑散文之作里，每位作家都是一条历史河流，记录过往，记录自己，记录家族，记录自然，记录思想的交锋，记录对未来的憧憬。

散文家是地域之河。这辑散文中的作者，来自天南地北，不以行业画线，不以地域设限。一方水土养一方人，地域之美暗藏着自然、文化的差异之美。女作家刘琼的散文，呈现出江南出生的女子的秀气和在京城生活的知性；马步升散文的书写中，有几多西北汉子的风格和对地域特色的呈现，他的书写，更带有文化学者与地域文化紧密结合的特征；荒田先生则把异域文明比照在中华文明的视域里，给读者对比审美的快感；培禹先生、文睿先生的散文则有京城文化的底蕴；而同为齐鲁人的王冰先生和路也女士，则有着各自对儒家文化不同的解读和传承。这种地域文化的差异化体现，为散文的创新提供了更多可能性。陈洪金是新世纪以来新散文写作的重要作家，他的散文素来以边疆地域特色取胜。作为一个有着长达二十余年散文写作的成熟作家，他以云南边疆为背景，写下了将近二十部书，其中绝大部分是散文集，比如《灵魂的地址》《村庄记》《母土》《乡村：忧伤的河流与屋檐》等。他的散文既注重散文写作技巧与表现手法的探索呈现，又对云南边疆人文地理和民族文化进行了深度观察，使得他的散文始终散发着浓烈的异域特色。在陈洪金的散文世界里，云南多民族文化水乳交融后所呈现来的瑰丽炫目的韵致，江河山野纵横交错之间神秘幽远的历史往事，使得他的散文显得色彩斑斓且厚重丰沛。阅读陈洪金的散文，总是让人不由自主地联想到曾经名震世界的云南重彩画，进而感觉到，他仿佛是在用自己的文字为边疆云南打造了一座座塑像，透过它们，进而可以洞悉那个辽远而神秘莫测的世界。地域文化之美，让十位散文作家成就艺术创造之河。

第一辑散文的编辑，让我欣赏到十条形状不一的河流特色。险涛先生说，有的书太厚了，有的书太薄了，我建议他尊重作者的意愿，保持作者的风格。对每一个河流，不必追究来自哪里，流向了何方，我们只要站在河边，静静观看河水流动的姿势、发出的声音、滋润的树木就可以了，每一条河流都藏有生命的图腾；每一条河流所容纳的都有人间的悲苦，而这些河流终究会流向远方，流向大海，流向自由、畅快的未来！

我以作者的心情，也以读者的期待，期盼这些书能像河流一样滋润大地，为读者带去灵性的思考和审美的愉悦。

（2019 年 7 月 26 日星期五于北京游燕斋）

一杯水

一杯水，一杯忘情水，一杯白开水。

一杯绿茶，一杯大自然的境界。

一杯平静的水，一杯没有被其他颜色浸染的水。

早晨从一杯水开始，一杯水所承受的是怎样的一种境界，水的透明预示着包容万物的性格。早晨的水，是唤醒灵魂之水，注入动力之水，无言的支持者之水。

这是一杯水的性格，你无言，它也无言。

你与它悄悄对话，它默默注视着你。你把它吸到心里，它给你通达的世界，它让你静静地享受舒缓的气息。

水以它的圣洁，荡涤你内心的郁结；水以它的无私，溶解你的自私；水以它的包容，化解你的狭隘；水以它的无声，缔造热血澎湃之声。

面对一杯水，它无言，我亦无言，内心的话与它对接，这是一个以行为对待行为的时代，语言之功已经消失在无语的气场里。

我把昨夜剩下的一半杯水，浇到文竹之上。文竹冒出绿芽，文竹在感谢水的力量。长满青苔的盆子是在宣告水的无私与神奇。没有人知道这半杯水，早已融入了这绿色文竹下的盆景中，人们看到的只是泥土的颜色，青苔的模样，文竹的绿意，还有这一盆的样式。而水化作了无形，化作了生活中又一份平静。

我在为一杯水注入一勺蜂蜜时感到，假如没有水，那蜂蜜的浓稠会让人躯着，这一丝的甜蜜没有水化开，甜蜜就难以让人接受。

水是千万种饮料的载体。茶的颜色有绿、有黄、有黑、有红，难以想象，没有水，这些茶们啊，该是以怎样的一种状态存在？茶因水而舒展，茶是水的知音，水是茶的同道。一片树叶的质地，不同树叶的聚合，在一杯水里，化成了各不相同的颜色。我望着一杯水，一杯说尽多重往事的水，一杯叙说茶叶成长历史的水，就这样搁置面前，茶叶舒展着身条，它在回忆着藏在大山里的时光，它在呼喊着雨露滋润的成长。一杯水，让茶瞬间有了灵气；一杯水，让茶顷刻恢复到远古。

没有水，咖啡的味道没有这么可口；没有水，一杯果汁都不会这么均匀。水是道的化身，也是生命的朋友。生命因水而支撑，水因生命而找到灵魂！

一杯水，让我看到水的意境之美，也让我看到水的形色之妙。水装到水杯里，就有了洁净、甘醇的味觉，就有了平静、静默的性格。水在水杯里，就成了水杯的形状，如可人的小猫，听话的孩子，向阳的植物，它的美，是静中有动的美；它的美，是不甘沉沦的美。即使让水与其他颜色混合，你也能清晰感觉到它在颜色深处，偷偷倔强地保持着自己的骨气。即使委屈，它的委屈都呈现温柔之美；即使消失，它都灵魂犹存！

每天，面对一杯水，我都要静默良久，以水的性格对待水的存在。

我不说，水也不说。这种感觉真好！

真的，我想保持一杯水的隔离感。我喜欢一杯水，一杯没有掺杂任何添加物的水，那水有着穿越时空的伟力！它就是素朴之水，而在它的素朴之中，许多高贵都无以描述它的寓意。有时，我面对这一杯水，在这个嘈杂、肮脏的世界上，去寻求心灵片刻的歇息！感谢这样一杯水，感谢这一杯平静之中拥有万千气象的水的真实赠予！有时看着这样一杯水，我会泪流满面，单手立在胸前，世界让我拥有睡意，那一刻，多么想走到永远的梦境里，像水一样生活……

（2019 年 7 月 31 日星期三于北京游燕斋）

铁熊猫是佛喜占坪

暮秋，正是一年好时节，佛坪看山，千山万壑，层林浸染，看一眼就让你心醉。佛坪的天空，飘着洁白的几绺云，远山近水，相互辉映，感觉小城不小；下了佛坪高铁站，一个不锈钢熊猫脸谱，会吸引你的眼球，这是熊猫的故乡啊！佛坪，不因人少而出名，却因熊猫多而闻名世界。不足四万人口的小县，却有近二百只熊猫。之所以不敢说熊猫的具体数字，听三代侍养熊猫的传人何鑫小伙子说：熊猫也喜欢花开时节怀春啊！到佛坪，如不去看熊猫，将是一件十分遗憾的事。

汽车在驶出秀珍的佛坪县城后，驱车北上，两边的山峦，帧帧车窗剪贴，真可谓美不胜收。金黄的柿子挂满枝条，和着那树叶参差不齐的黄；山茱萸（当地人叫枣皮）的红眼睛，一闪一亮，凑近了拍照，好像凝唇一般；款摆的水杉树，高耸入云、大大方方，像极了一个高洁之人的神情。在山里行走，犹如在画里穿行，前后左右都是景。老树、翠竹、柿子树，掩映着处处农舍，鸡犬之声不绝于耳，穿过一片山茱萸林，又见更高处的山茱萸在山头迎接你；斜着的悬崖，树木密布，像爬山努力上行的旅客，艰难的成长之力中，看出大自然的造化和那些树生命力的顽强。

沿途见到不少削去头颅的青青翠竹，它们甘愿抛头颅、洒热血侍奉熊猫，可见自然的高洁之士，也受自然万物的憧憬；格物致知的朱熹，不过是后世的圣人，地球古老生命的见证者——熊猫，才是这个世界上真正的禅者！

终于到了熊猫谷。一下车，众多游客感叹这里美景开发的好，但我却顿时感觉到一片失望。人类的自私，无处不在。本来自由的熊猫，却被满足观望的人们，套上了有形的枷锁，其实开发就是最大的破坏。人类保护了熊猫生命的延续，却在保护的旗帜之下让更多生命失去了原有的一切。想想，一个自由的禅者，让它规范在人类限定的圈子里，吃饲养员采摘的翠竹，该是多么的慵懒？如果说熊猫本来就是为坐定修禅而来，四处游荡，可以让它感受更多的山川之灵气，而被指定了这条大峡谷为生的熊猫，每天看着这些好奇的人类，无异于画地为牢。坐享其成，对一个自由的灵魂而言，该是多么的无趣？

熊猫不是熊，却有熊的体态。它笨拙的样子，款款而行的绅士感觉，丝毫没有熊的恐怖。黑熊掰棒子，摘一个丢一个，永远都是无心者的形象，而熊猫的灵性，黑熊怎么能与之相比？

熊猫不是猫，却有猫的温顺。它的大眼睛，她竖起的耳朵，它毛茸茸的体毛，都给人亲切的感觉，自然的享受。好像它一生来就是大自然的主人，它是大地幻化的产物啊，自有天空洁白的颜色、大地黑色的背景。国人常强调天地人的统一，而大熊猫自身就是自然的宣言者，它们的形象，简直太可爱了！熊猫肖像走遍世界每一处角落，处处受到不同国籍的人欢迎；它们的神情，太天然了，成为星空之下、大地之上最好的修行者。

熊猫就是熊猫，是邪恶形象改善后的憨态可掬者，是温顺外表下与自然完美融化者。熊猫谷的山泉水，清澈见底，让你一眼就感觉，只有这水，才配得上滋养熊猫的天生丽质；只有这水，才配得上熊猫自然的高洁的品格。

行走几百步，穿过熊猫纪念馆，前面就是熊猫科普馆了。在溪水河一侧，一个巨大的围场，商家在荒野之中建起了高大的玻璃房。便于游客观赏熊猫生活起居的形状；我靠近这只母熊猫时，它正在吃竹子，青绿的竹叶，已经将其掩盖的密密实实；女性生命的羞涩感，在这位叫小馨的母熊猫身上大概也会有所体现吧！我始终没有看见她仰起面颊。以至于我看到公熊猫璐璐时，不由自主打开了手机视频，静静录制了十分多钟的视频。

这是一次享受禅者精神的大餐之旅。十分钟，足以涵盖熊猫璐璐的一生。这只大熊猫的进餐，丝毫没有官僚们拿腔作调的矜持，倒是有几分天然可爱之气。熊猫的右手拿着竹子，全然张开大口，我甚至看到了它口中的小虎牙，熊猫一点也不怕众人的拍照，在众人的评点中，也根本不像拜登和特朗普激烈的演说那样无耻和没有底线，它只是旁若无人的吃下片片竹叶。它时而从竹叶中臃肿起来，时而从那堆竹子中陷落下去。不停的，是其咀嚼的大嘴，一张一合。只见它，右手把竹子送进左边嘴角，狠咬几口；再送到右边的嘴角狠咬几口，咀嚼不止。我看到它大口中锋利的牙齿，想起我这个沂蒙人扯咬煎饼的剧烈动作，就不由地笑起来。古老的禅者——大熊猫啊，你也是以这种朴素的方式进餐啊！录制这整整十几分钟的熊猫进餐视频，我一点点去感受大熊猫的那份天然自得，熊猫的伶牙俐齿。它用沉默对待身外的嘈杂，迎着阳光，袒胸露腹，它将坦然面对着芸芸众生。它将吃相演绎成天下无二的君子之风……

熊猫是最古老的禅者，这个在世界上活了800多年的"活化石"，个体的生命，存活在世间不过才20多年左右。它现今在中国拥有的数量还不过两千只。至今发现寿命最长的是一只活了38年的母性熊猫，她的后代已经有五十多位，显赫的家族让熊猫保护工作者叹为观止，被称为"英雄母亲"。大多数熊猫以其短暂的生命，给这个世界带来吉祥与和美。而作为万物之灵长的人类，活在世上的一生，却没有熊猫的平顺与温和。一生洁净如初的君子，真是少儿又少，而圣人之数，更是可怜之极！

坐在地上吃竹子的熊猫，十分可爱，它的整个头部和脸面，黑白分明。双手、鼻子、眼睛和耳朵，是那种无杂色的黑，而其余的肤色，则是单纯的白。黑的纯粹，白的分明，一看就是与自然浑然天成。熊猫的手指有六个指头。在第六指上，有个巧妙反转，构成了一个"伪大拇指"，便于操握竹子，竹子在它手中俯首帖耳，多亏了这个手指啊！只见竹叶在熊猫手中，左右翻飞，辅助其嘴，熊猫的灵巧则足非黑熊所比，一叶一叶总关情，吃的是竹叶，吞下的好像是万千文章。难怪它被称为"竹林隐士"了！在万千葱绿之中，这位白黑相间的隐士啊，虚幻缥缈于其中，要多诗意，就有多诗意；作为爬树高手的熊猫，上树的本领传递着祖先求生的基因。以黑白为主色调的熊猫身上，你能读到世间本无复杂的道理所在。真正的禅者，尊崇的就是复杂问题的简单化。熊猫的外在之美，就给人这种纯粹的细节享受吧！粗中有细，本来就该是禅者的语言吧！

吃饱了的熊猫璐璐，此刻显出一副雍容大度的神态，像极了弥勒佛的形象，它缓缓起身，从那堆竹叶中直起身来，双手落地成脚，只见它款摆而行，左腿一旋，右胯一动，整个身子浑然如水，涌流前行。阳光洒在身上，木桥就在前面了，吃完了总要在领地上逛游逛游才是。用不着"吱哇"（当地人指叫唤的意思），走步也显高尚。散步一圈之后，璐璐迈向水池边，敦实的四肢支撑着庞大的身躯，走起来四平八稳；那前肢对应的一条黑色缎带，围绕了熊猫身子整整一周，使熊猫看上去白上加白，黑上更黑。

熊猫喝水的动作很可爱，背对游客，坦然而吟，如禅者转身去高不

172

可测的诵经。我急忙奔跑到露露的正面去，赶紧拍下它喝水的静美之姿。只见那璐璐，不慌不忙，犹如大将临行，壮士别母，不紧不慢，不急不躁，一口一口，默然而有神，均匀而富有节奏。是这名山大川，养育了熊猫的清矍啊，也是这山水四季，赋予了熊猫的这份安闲。迎面看去，熊猫弯腰喝水的动作，十分像一个禅者在打坐，又像极了一幅太极图画。我对这自然的神画物，顷刻顶礼膜拜。

熊猫在这一番领地上的自由徜徉，作为来自远古的天然使者，它是代代修炼而成的禅意先生。在佛坪，众多人考据县城名字的历史由来，殊不知，先人的古意，早已经把自然之美和神性之风融入在县名之中了。熊猫本身就是佛啊，佛就喜欢这迤逦的山水，喜欢这坪坝的美景啊。佛坪！佛坪！多么美好的名字，多么优雅的象征！熊猫不言不语，但万山已知；众水喧哗而去，而巨石默然无声。佛坪，熊猫之城；熊猫，佛坪禅意之美的象征！

山静水清，石美叶黄，果红鸟鸣……自然的和声，大美的佛坪，熊猫是佛喜占坪啊……

(2020 年 11 月 8 日星期日中午十二点写于北京光大花园家中)

轻薄与厚重

　　近距离地观看一只蝉儿在鸣叫，透明的蝉翼煽动，声音四散开来；蝉翼震动的声音与蝉身抖动的声音形成对比，一只蝉儿，也可以发出如此丰富的鸣叫声，它在证明自己的存在，还是为世界增添乐音？不同的人看待蝉儿的视角不同，蝉儿的品质就会获得不同的解读。有人说蝉儿太轻薄了，发出的声音震天响；有人说蝉儿太厚重了，不顾身体的弱小，向世界发出最强音。一只蝉儿，平时发出鸣叫，是大自然的造化，人却为它涂抹上千万种解读的可能性。只是蝉儿依然不分青红皂白地叫，全然不顾人们一会儿说它轻薄，一会儿说它厚重。

　　一位青年，不知怎么年纪轻轻地就顶着满头白发了，不知情的外人，投之以尊重的目光，知情的同事，劝说他去染染发。青年人摇摇头，依然故我，外界接触他的人，对他的年龄充满怀疑。有人认为他不染发是为了装成熟，有人认为他不染发是为了保持自然的状态。有人说他浅薄，有人说他自然。青年人不去解释，他知道自己的真实年龄，他不喜欢在别人的认知里活着。

一位散文泰斗，九十五岁了，侨居国外多年。许多仰慕者辗转打听，想一睹先生尊荣。先生避而不见，他的确是身体老了；华人作家的聚会，他也坚决不去参加了。这位散文泰斗，近年杰作频发。老了，就老成客厅里的一盏灯光，用时光照亮自己。他不需要再去争辩什么了，文学奖项对他还有什么吸引力？别人对他作品的评论，已经没有任何意义。老散文家此时最需要的是用心去感受余生的心跳，与老夫人相处的时光真好！他已经把世间的嘈杂隔绝在门外了。

　　我常见小区里一位每天赶着去上班的邮电工人，常常收拾起路面上的垃圾，放到垃圾桶里。有人说他太迂腐了，有人会赞美他真实在，有人说他是最善解人意的人。他似乎全然听不到这些。我依然经常见他捡别人掉在路上的垃圾。有几次定格，竟然惊人地相似。丢垃圾的依然丢垃圾，他依然喜欢弯下腰去。我不知他心里当时是怎么想的，我只是感觉他真是一个执着如一的人。这种人执着，就像擂鼓声声，会悄悄感染你。

　　十年前，我从山东正式转移到北京生存。在北京这个小圈子里感受到很多大世界。知道了很多大人物不大、小人物不小；也看到君子非君子，小人非小人。有些事情，我看得明明白白，却捂住自己的嘴，憋憋傻傻地强忍着把这一切吞到肚子里，让它们在我肚子里生根、发芽。时间是最好的催化师，当尘埃落定，我在这样的修炼中渐渐变成一个无忧无愁的儿童了。整天傻笑着面对世界，面对那些精明的人。希望他们继续把我当作十足的傻子。北京十年，南柯一梦。故乡远离，清风远去，再也回不到曾经的苍老与圆滑。我以一个儿童的自然，品味厚重里藏着的轻薄，轻薄里裹着的搬不动的厚重。

　　特别以爱的言语沉默，在追求爱情的路上，却被爱情甩在路上。很需要马原先生那么美的一个书院，像一条无毒蛇，自由游弋在茂密的森林，感受溪水的清凉。我变成一个儿童了，昨天的事情已忘得干干净净，涌上的是顽皮与好奇。

　　世界越来越厚重了，我却越来越浅薄了，有时就感觉，浅薄真是滑腻的丝绸，穿在身上和没穿一样。越老，就越喜欢这浅薄了，只是在这浅薄的路上，藏着透骨的孤独，孤独成金子般的厚重，犹如压缩过的空气一般，虚无却诚实！

　　　　　　　　　　　　　　　（2019 年 8 月 8 日星期四于广州游燕斋）

语言的舞蹈

锤炼语言像擀面条，越揉搓越有味道。喜欢说套话、假话的人，不知道这个道理，常常拾人牙慧而不知觉。语言这东西，又像灵丹妙药，它能给生活带来更多健康保障。一位散文编辑说不正常的说话就成了散文了。我想说，正常中寻找不正常，才是散文家的追求。生活是语言的舞蹈，有了语言的帮衬，每个人才能从沉重的枷锁里逃逸出来。语言真是好东西，它是你在这个世界上所剩下的最后的朋友。任凭你怎么对待它，甚至侮辱它，它都给你一个纯洁的笑脸。是的，语言的大网，是生活的闪光或者灵魂，在语言里你可以承接历史上每一位智者的灵魂，也可以感受智者彼时彼刻的探索与幽默。在时光隧道里的古人，一旦捕捉到语言的慧光，就如发现了金块一样兴奋。语言是跳跃的精灵，不时翻动着身体，而金子纵然闪光，它却是死亡的固体。语言胜过金子，语言穿越了时空，在岁月中得到千锤百炼，而最终超越金子般的光芒。

是的，在语言的舞蹈中，欢快地向前行走，你炒语言，语言也把你炒了。坐在话剧院的最前排，你聆听语言化石的闪光，犹如在油画中感受语言的藏匿一样深邃。语言无处不在，可它一直鲜活地向前走着，一直走向更远的远方。面对语言之网，这是上帝赐给您的魔法，我想笑着向前走，但语言会哭泣着给我看；我想沉默着踽踽独行，但语言总憋不住思想的牵引，我在深思冥想中沉睡过去，语言却像一只捣乱的猫。语言让我战胜困难，语言让我驱赶疾病。语言是一束光，时刻照耀着你前行。人失明了，语言可以引路；人耳聋了，语言可以让你听见一切；人腿断了，语言可以让你自由行走；人被人抛弃了，语言可以让你拥有无限的朋友；语言可以是无限扩展的工具，可以试图通过人类自己的念想，去听懂动物的语言，植物的语言，大地的语言，宇宙的语言。语言真是奇妙的东西。甚而，当我们不能说话时，语言可以安慰人的心灵，默语，会伴随着让你无悔地离开这个世界。

我之所以喜欢瑞丽这个地方，不仅仅是生活在那里的人们原始、古朴，而是在那里可以感受最真实的语言。各个民族有各个民族抒情表意的方式，各种鸟类可以秉持各自呼唤世界的方式，各种植物有各自向大地表白的语言的外衣，我沉醉在这种最原始的表达里，我才发现自己的语言是多么苍白，我才感知自己的思想是多么贫乏。神奇的东西，总是诞生在平凡的语言里，就像千万种食物诞生在平凡的大地中一样。萃取语言的不仅仅是时间的淘洗过程，有时，在一片没有被污染的地域，却有着万千醇厚的黄连厚朴，在苦涩中甘甜，在平凡中伟大。所以我极力反对将一个原始的地域过早而草率地嫁接进现代化的因素。现代化损害的不仅仅是大片原始的土地，也会驱赶上古的语言留存，让语言的风光不再鲜亮。那时，人类连呼喊的可能都没有。我是如此爱着那个叫瑞丽的地方。恰恰是因为很多上古的声音依然存在，大自然的呼叫，或者像清澈溪水四季流淌的机智，就像身临其境感受来自远古的河流，从心田上缓缓流过一般，胜过其他万般拥有。纯美的语言，是这个世界上最好的馈赠，我真想怀抱着这样的语言，永远睡去，陪伴着那块神奇的土地。

是的，生活让我学会了亲近语言，用语言来温暖自己。在越来越功利化的世界上，还有什么能安慰我们自己？唯有语言像安眠药，让我们获得片刻的安宁。用不着和陌生人说话，或根本用不着和熟悉的人探讨声音的来源。语言是千万个古人的组合，语言又是万马奔腾的热烈，语言如沙漠上滚烫的沙子，语言拥有排山倒海一样的气势，又像永远藏着数不尽秘密的原始森林。在语言之海里，即使你狠命游泳，也找不到可以抵达的彼岸。也许正是语言的这种丰富性，让语言拥有超越一切的神力。语言可以缓解饥饿，语言也可以无声地埋藏在心底，自然也可以化为文字，可静可动的性格是语言的品质，让语言拥有无限的丰富性。我被语言所迷惑，语言像雕刻刀，日渐把我削减成游弋在大地上的怪兽。我有时抱着语言哭泣，有时与语言缠绵悱恻，有时在语言的臂弯里幸福地睡去。更多时间，我会把语言藏匿起来，像藏一盘罕见的食物。有些稀罕的食物，分享它就等于破坏了它原有的质地。语言是人类创造的，人类却常常成为语言的杀手。语言像一盘原始的蜂蜜，割下一块感受它的滋味固然甜美，但那盘蜂蜜，却再也不完美了。语言最容易被语言伤害，就像人类最容易被人类伤害一样。

我喜欢在夜空下，一个人静静地面对语言的碎片，一点点将它们收拢起来，摆成无规则的规则，有时我会幸福地颤动起来，在与语言的对视里，我木化在那里，享受语言给我带来的欢爱。这样的时光，胜过所有的喧嚣与名利。语言，是上帝留给我的最值得信赖的财富，它像神灵一样给我既敬畏又温暖的感觉！

感谢语言，让我在这个悲凉世界上，感受古人的那一丝超然！

（2019年8月9日星期五于广州游燕斋）

179

老小孩日记

人过五十天过午，时光不等人。五十岁之前是一步步成长的过程，五十岁以后应该是不断回归的过程。

我有一个写日记的习惯，翻看五十岁以前的日记，处处拼命地工作，时时记录的是"奋斗的历史"，如紧绷的发条，生活充满了紧张，每天充满了"意义"。不能说这样的生存方式值得挑剔，客观而言，这也符合人的发展规律，但人的生理曲线是个正弦曲线，五十岁应该是一个比较大的槛。度过了这个槛，人的生理机能开始逐步衰减，这是自然规律，对大多数人而言是如此，身体稍好些的，或许还能坚持几年。所以承认五十岁以后身体开始走下坡路，是中老年人理性面对自己的过程。人老了，就应该遵循自然规律，适应这种变化。

所谓"老不看三国，少不读西游"，是说人老了，喊喊杀杀的事情就不要去做了，少年时代如果过分相信妖魔鬼怪，套用到现代生活中去，就会异想天开，不脚踏实地。好多少年轻浪子，年轻时做了很多错事，老了徒生叹惜；而对一位渐渐老去的老人而言，如果一直沿袭年轻气盛的为人处世方法，也会被人视作怪物。所以到什么山唱什么歌，适应年龄的变化，适度回归性的收敛言行，对老人养生还是很好的。

主意拿定，就决定对写日记的方式进行改革。原来只写工作、创作与学习，现在多写生活、旅游与民间趣事。让过去生活里看到毫无意义甚至有些无聊的事件充斥我的日记。在这些日记里，你可以海阔天空地畅想，无所顾忌地评判生活中的人和事，记录凡俗的身边事件。乃至鸡毛蒜皮，一个孩子的调皮话语，地铁上发现的趣事，耳朵里听来的趣闻，报纸上搜来的奇妙事件，或者是一个有趣的"抖音"，或者是家乡一段要饭人说的快板视频。在这样的心境里，紧绷着的神情放松下来。生活变得无限美好起来。对比着看五十岁前后的日记，前者严肃，后者诙谐；前者严谨，后者宽松；前者紧张，后者活泼。前者忙，后者慢；前者正襟危坐，后者左顾右盼；前者主食单调，后者萝卜大葱一起上；前者黑白单一，后者色香味俱全；前者吸纳为主，后者收吐自如。五十岁以后的人生，才真正回归到生命的本体，活得更像一个自然人，更像一个自我掌控彰显本性的人。

老小孩的特点，既有儿童的快乐，又有些许的理性；既快乐地忘记，又快乐地拥抱。在这种写老小孩日记的过程中，你会感受到消解衰老的妙招。是的，这些妙招，要多可爱有多可爱。当严肃不再成为唯一的表情，欢快就会成为生活的主题；当兴趣成为最好的老师，很多童年的往事重新涌上心头；当责怪不再成为日常的主题，宽容会让你拥有更多的朋友；当你像孩子一样不用顾忌更多人的眼光洒脱生活，你会发现"不信神什么神都没有"！当一个老小孩真好，自此，可以轻松地与儿童一起，以儿童的心情面对这个世界，说些有趣的话，干些调皮的事，做些涂鸦的"壮举"，旁若无人地大喊几声，快乐自由地学猴子伸开双臂。以人生的快意去感受周围的一切，像孩子一样没心没肺地面对一切，这样快乐地活着，你会惊奇地发现，身体会发生悄然的变化，衰老的记忆会被有趣的事情占据，烦躁的心情会被舒缓的言行安顿下来，丑陋的事物原来还存在那么多闪光点！老小孩，老的只是躯壳，小的是心情，大起来的是对世界的好奇、爱与赞美，是对这个世界的重新认识！

写老小孩日记，会让你在这种反弹琵琶中感受到五十岁以后生活的乐趣，为这个无聊的世界，增加了很多现实生活的真滋味！

（2019 年 8 月 10 日星期六于广州游燕斋）

美

　　师弟俊丰，研究生读的是美学，在京和我交往数年。美学属于哲学的分支，学美学的同学，好像更加贴近于生活。我对学美学的博士同学的态度，一向是仰着脸看他（她）们的。其中有一位学美学的女同学，明眸皓齿，善穿旗袍，走路袅袅婷婷，让人无限遐想；还有一位大学钢琴老师也学美学，长发飘飘，说话像唱歌，飘满乐音；自然还有一位书法家兄弟，梳着大奔头，一甩笔锋，头发也跟着甩。这几个学美学的同学，都是那么有滋有味，有模有样，有色有彩。就想想自己，也学哲学，怎么没有人家美学同学的境界？看人家美学学生，整天研究美学，自身美，会审美，生活就美，也会展现自我之美。我是短发，无美可展示；又是胖子，腰肢摆不起来；说的山东话也很硬，听不出乐音来；还是一个不信邪的人，行为做派，有些二愣子味道。呜呼哀哉，我时常庆幸有美学同学做参照，好在离美不远，也算能聊以自慰了。

　　话说在北京的闲暇时光，人民大学的师兄师弟接触较多，潮汕人杨俊丰就是我的人大师弟。俊丰人实在，遇到好的讲座或大的学术活动，总要喊我参加。一来二去之间我俩就熟悉了。杨俊丰师弟，师承美学家牛宏宝先生，因他学的是美学专业，自然如前陈述，我对其高看一眼。俊丰虽是南方人，却少了南方人的精明，多了北方人的憨厚。在北京打拼过几年，做过小公司，写过小文章，头发熬掉了不少，满脑门发亮，猛一看像个剃度的僧人。俊丰师弟很有人情味，每次见面都要向我兜售他的黑发经验。他每天早上都要喝上一碗黑芝麻糊，自从他喝黑芝麻糊后，头发确实变黑起来。见我对他的描述半信半疑，有一次他专门给我送来一大包黑芝麻糊，让我试试，我也懒得喝。我对白发并不排斥，任其自生自灭。人老了不能装嫩，但师弟的小关心，还是让人感动。每次他从老家潮汕回来，总会捎点家乡茶给我喝，不收他还说我。接触长了，知道俊丰师弟依然是钻石王老五，就帮他介绍了个对象。可他谈对象好像做学问，女方后来向我述说俊丰师弟喜欢用古文和她对话，她感觉师弟真如古人。我责怪俊丰师弟，师弟还劝我，说要我改改微信公众号的风格，用古体文去写文章，我未置可否。后来想想，单从读者欣赏角度讲，师弟的话还是有一定道理的。

去岁冬天，师弟有一天来电话说，不在北京混了，要回广州去创业。兄弟俩斟酌一番得失后，最终我还是同意师弟回家乡创业。师弟虽然离京，却经常有信息传来，倒也不感到生疏。师弟说他回广州后，专做唐装，据说生意还不错。

近日抵羊城，偶发番禺风景到微信朋友圈，被师弟看到，夜晚相约宾馆一聚。和在京城相似，俊丰师弟又给我带来了黑芝麻糊和茶叶，我回赠他一本近期拙作。只见师弟穿一身素雅的白色唐装，乍一看很像日本浪人。师弟的面色圆润，脑门越发明亮，近看更像一个十足的僧人了。我俩还高兴地玩了一个自拍，我发了微信朋友圈，好多微友还以为我认了一位出家的师傅。

闻师弟言，他依然"待字闺中"。我真想告诉在广州的朋友们，师弟俊丰有美学底蕴，头型虽没有其他美学同学漂亮，但他的内心却是美到极致的了。这样的一个男人，才是美到心海深处，禅意无限的人。我劝他：现代人连现代语言都不会说了，你就别用文言文去试探当下的女人了，以世俗之心才能接触世俗之人啊！很多女人懒得去搜索你的内心，却只会追问和怀疑你无发脑门闪亮了。善良的心，有时真抵不过一顶假发的诱惑力！

师弟看着我，傻笑着，我也附和笑着。一时间，广州的天气，似乎也凉爽下来了。

（2019 年 8 月 16 日星期五于三亚游燕斋）

忖

1.去参加一个有关鸟的会议，刚出家门，仰脸看天，一泡鸟屎落在脸上，手一拂，稀屎满脸。遂思，这鸟儿原本不相信人类的什么鸟会议，回家洗脸比参加会议重要！

2.到某单位办事，凭经验没带卫生纸如厕。大便毕，去取卫生纸，廖然无物。虽有女同学同来参加会议，可无法通知人家送来；也想学平凹君取前如厕者所用之纸，但终下不得手。遂（此处删去十六字）。自此，记住了该单位；以后去哪里如厕，不管人家厕所备不备纸，自己总会规规矩矩地把卫生纸装好。

3.乘电梯到顶层，有人放一闷屁，奇臭，大家面面相觑。吾想起上次好友A君解嘲，说他爱放无声之屁，刚要说A君故事，一回头，恰好见A君在我身后，只好拖起长腔，好不尴尬。回来自思贱舌，公开场合自律戒条：一不放屁，二不说人。

4.见一窈窕淑女，端一盘美食喊我过去就餐。只见女子红唇鲜艳，莺声燕语，小巧可人。手挽余腰，羞涩中有俯身甘就之意。正欲深延，却被一声狗吠唤醒。只见一条大黄狗站在床侧，吐着大舌头，那颜色，那柔软，像极了女人的手臂，骇出我一身冷汗。

5.平时写文章，最怕人家对号入座，文字多有躲闪避讳之意。一日，去拜访某一名人，说起某件俗事，道理简单，遂言：这不是秃头顶上的虱子——明摆的事（虱）吗！正逢人家拿下假发擦汗，我却再也无法把话像假发一样自如放回去。

6.余喜欢微信付款，平时不带现金。周末请一帮女同学到一酒店欢聚。庭间，谈笑风生。自恃请客者的霸气。只见众女同学山呼海喊，推杯换盏，好不热闹。酒足饭饱，大家依依不舍，皆言我大气磅礴。及至买单，方见手机无电；问店家：先压手机，明日来结如何？店家不允。只好求最好的女同学相帮，才把账结了。散场时，女同学们已无刚来时的兴高采烈，大多相望无言，我也犹如一只斗败了的公鸡灰溜溜地离去。

7.又一日参加宴会，看诸君嘘寒问暖，互相间全无陌生之意。我也东施效颦，想问询新识者一二。问一部委司长，儿子在何校读书？回曰：小弟丁克家庭；转问一貌美女子，夫君在哪里高就，言曰：上月刚刚离婚；再问离我远点的一位朋友：高堂身体可好，答曰：两月前遭遇车祸……看着第四位客人，我瞠目结舌，暗想：今天算碰到鬼了！

8.乘地铁时常喜欢读书，有时会念出声来。一次读到书中一位女主人公的名字，不由得念出声来。旁边一位女子转过身来，说她不认识我啊！我指书中人物给她看，相视一笑。一语结识车上人，我也是醉了。自此与那女子成为书友，仅仅是书友而已，读者不要乱猜。

9.参加完某一重大会议，乘坐地铁回家途中，不知不觉睡着了。到苏州街站，恍惚中听广播员报站名，双手疯狂拍起巴掌，引得众人侧目。所幸，巴掌拍得也算及时，把自己唤醒，总算没有坐过站。

10.所在单位经营房地产，不少城市皆有项目。某段时间，成都地产开盘，找我问询消息者颇多。一日，忽接数十个电话，皆为同一女子购房打探消息，他们不知那一女子乃我原单位上司也。房子没买成，却让我知道了那女子诸多的社会关系，只是那些男士们却至今蒙在鼓里。

11. 去一荒僻之地出差，夜闻隔壁男女战事频频，一夜无眠。次日晚起，太阳射进房间。开门时恰好隔壁男女也出门。男人熟人也，女子却不是男人的爱妻，这时想躲都躲不得。荒僻之地，竟然也能遇到熟人，人间怪事，胜过噩梦！

12. 在瑞丽工作期间，时常遇到同学的同学、老乡的老乡、朋友的朋友，也见到商人的商人、领导的领导。很多忖事，足够写一本书。有些敢写，有些写出来，怕也没有人相信，也就不写不说了吧！这人间的忖事，暗含着人间的逻辑，有时不经意间碰到，也算是值得回味的！

（2019 年 8 月 17 日星期六于广州游燕斋）

第三者

一个人懂得以第三者的眼光看待自己，这个人就成熟了，理性了，或者说就能更客观的看待自己了。人生活在世上，不是被自己的思想束缚，就是被别人的思想所忽悠。第三者的眼光，是超越于你、我，超越于社会之外，更加冷静地看待世界的方式。

天下的父母习惯于照顾自己的孩子，而要想让孩子孝顺父母，似乎还是要做相当多的教化工作。攀龙附凤是人的自然本能，嫌贫爱富似乎也是每个朝代的现实，伦理教育的产生，就是在寻求物欲之外的理性，寻求人的自我升华。

法律是好东西，在法律之下，所有人都怀着敬畏，不敬畏就会受到法律的惩罚；伦理也是好东西，中国人的"君君臣臣父父子子"也是好东西，"仁义礼智信"传递着中国人起码的道德，但道德归道德，不懂得追求道德之美的人，通过践踏道德实现自己的目的，对这样的人，法律拿他没有办法，所以道德制高点上，一个人需要更多的审视自己的过往。

每个人的内心，都藏着一个魔鬼，无论帝王将相还是平民百姓。理性地生活，要求一个人需要客观对待日常一切行为，你要不时地以旁观者的冷静来观察自己。以第三者的姿态，或以自己的反向，或以他人评论的反向，看待另一个你的存在。你的优势与劣势，就会清晰展现。

"费斯汀格法则"告诉人们："生活中的 10% 由发生在你身上的事情组成，而另外的 90% 则由你对所发生事情如何反应决定。"这个法则提醒人们，要控制自己的情绪。很多时间，每个人自认为十分熟悉自己，事实上，更多时间自己只是被自己的表象所迷惑。

每个人喜欢接受赞美而不愿意别人批评自己，哪怕别人批评的正确无误，所以教育学家崇尚"赞美教育"，但赞美教育本身会让孩子们在获得自信的同时失去对自己的正确认知，也就导致高分低能者的出现。技能的提升，对一个人道德的改观并不是很大，就如一个人做了官员依然具有痞三一样的品德一样。这类人的本事不可谓不大，但他们的精神追求里缺少对自己丑陋一面的认识。放大自己的技能影响力，而缩小自己的道德感染力，是让许多聪明人最终走向不归路的根本。

几天前在一微信朋友圈看到一位朋友对另一位朋友肉麻的赞美，忽然想到朋友们对自己的赞美。人是最喜欢赞美的动物，在赞美声里，人就会迷瞪起来，迷瞪成一个自我陶醉的人。那个冷眼的第三者就离你远去了。想到这里，不由一身冷汗。

人是在淘汰恶习中向前行走的；但沉重的肉身不让我们随着思想轻盈地飞翔，世俗的一切让我们在理性与感性的互相争夺中，难以自我。很需要一位站在你思想深处的第三者，以沉静的姿态让你获得平静的思维。

有时平静就是一种幸福，这是你以第三者的思维换来的自我审视的安宁。

或许，这是最好自我救赎的路径！

（2019 年 8 月 20 日星期二于北京游燕斋）

回味

　　最香甜的觉是回笼觉。如果你头一天晚上喝酒很多，早上被生物钟催醒，看看无聊的窗外，想想"的地得"的用法，再看看微信朋友圈上发骚的男作家肉麻地吹捧女作家，或者想起一个单词也不认识的资深人士职称英语却考了满分，你就会对这个世界的荒唐，感觉有很深刻的逻辑性。每当这时，回笼觉就是最好的选择。呼呼大睡之后，天就蓝了，空气就清了，人就精神了。回笼觉，成为回味生活、享受舒坦的最好的方式。

　　在泰安工作时，有位老师傅最喜欢吃回锅肉，我一直难以理解。后来到北京，才知道不少人喜欢吃臭鳜鱼、臭豆腐，把好好的新鲜食物放臭了再吃。这样的享受方式，似乎是在感念时间的赠予。时间是最好的催化剂，它不仅能催败食物，也能唤醒人们对食物的记忆。回锅肉也是一种回味，回味的是那种食物慢慢转化的味道。暗含了人们内心对这个世界恶作剧般的抗争。有时，回锅肉就像回笼觉一样有滋有味。

　　回味是与生活妥协的一种方式。在有水果吃的早晨，可以回想一个冬天吃不上苹果的辛酸时光；电视里的皑皑白雪，又让你想到少时踩着白雪行走的冬夜。回味的思绪沿着时光的河流上溯，拥有的玄幻更加真实起来，而书面的真实又有多少已经成为虚无？

老谋深算的编辑继续他骗人的把戏，玩弄文字的作家却把文字搓成超长的绳索，把自己死死捆住了，捆成一段朽木了。月光不再如水，语言却像蚯蚓。思想的尿意，来自对远处瀑布的观察，或者是听到流水的声音，与身体内的河流毫无关系。被学院圈养的专家们，在发出让老农不屑一顾的意见之后，揣着专家费暗自打起了鼾声。老农的回味与专家的回味，各自寻找着不同的路径，他们以各自喜欢的方式在寻找着回家的路。或者以一把灰的形式，或者以一躯埋葬在棺材里的肉身亲吻大地。回味的方式让他们获得各自的享受。

回味以时光做依托，以经验为铺垫，以色香味做调味品，装点着人们的生活。我清楚记得，我曾在乘客稀少的夜火车上，冥想着看不见的天空，想着这世界上的我，以及我的过往。想着被乌龟咬住脚趾头的梦境，以及为了一次远行而做出的长时间的准备。为了忘却的记忆总会消失在寒风中。

画地为牢是常人难以走出的暗路，昭示未来的壮举似乎都留给伟人了。能在回味中享受生活的人，要么已步入老年，要么是有强烈的自恋情结者。只是，记忆的阀门打开，有人喝到的是酒，有人品尝的却是污泥浊水。时空里，总有些人和事让你永远不再想起，这样的想念不是幸福的回味，而是回味的痛苦。

人生苦短，世事无常。回味是晨露，虽赶不上大水漫灌的透彻，却有清净洒脱的享受。回味，最适合一个人有选择地去分享，为摆脱在这世上的空寂多些自得其乐的志趣。

好好地回味吧！

（2019 年 8 月 21 日星期三于济南）

之间

时空是人无法逾越的藩篱。天地之间的混沌与澄明，夜晚是明天藏在天地之间的内奸。你我之间，目光平视肌肤相亲却有着十万八千里的距离。在人与兽之间，山与山之间，天地间风云变幻。岁月苍狗，历史悠悠，昨天与今天之间又怎是时间的律动所能描述，今天与明天之间又怎是山河之间的距离所能挽留？

你不相信在停顿与停顿之间，总有暗流在悄悄涌动。如一台手机设置好了闹钟，即使关机也能在预定的时间点上提醒你世界已经醒来。两辆并驾齐驱的小车之间，似乎没有缝隙，一辆承载着赴任的贪官，一辆驮运着衰老的病人。相同的事物之间，流动着不同的血液。我的双目之间，难以凝聚成一种表情。

风雨之间书写万般故事。不管你是否承认，风雨让很多事物产生距离，也让很多事物之间互相拥抱，风雨过后之间的万事万物，有了更深刻的自我认知。是的，这是自然界之间的事，却折射到人类的每一个区间。风雨故事演绎在宇宙之间，奥妙之间的奥妙，其实就存在于奥妙中间。

丝毫不用为思想担心。在虚实之间，思想最能期待完美的平衡；在油滑与理性之间，思想是最好的平衡器。你在山川之间哭喊，山川回应你的哭喊声，轻抚你心灵的，是你所难以描绘的情感。

在真实与虚假之间，站着一个"骑墙者"，它以自己的狡黠，首鼠两端，戏弄人类的认知，而宇宙匆匆度过多少光年。在朝代与朝代之间，皇帝之间，以延续的思想完成断代的交流。虚假的历史教科书里，藏着的总是人性真实的贪婪。

我在白天与黑夜的交叉点上，寻找青年与老年之间的距离，也在微笑与哭喊之间，寻找牵引情感的那只手。有了事物之间的对比，此物与彼物，互相之间有了区分和选择的可能。世界上最紧密的事物，一旦完成切割，在一分为二的事物之间，你可以十分从容地以大小、形状、色调来区分这些原本来自同一母体的事物。

我曾在一棵榴莲树下，观望那数不尽的榴莲，在大与小、丑与俊、生与熟、硬与软之间，榴莲们共同簇拥出一个全新的世界。一棵榴莲树，传递着万千榴莲之间的故事，倘若这些榴莲是一颗颗思想的头颅，它们内在的思想，是否也像它们外在的形象一样丰富？

我时常在酒与酒之间计算夜与夜的距离，也时常在酒与酒之间比较地域的变化。时空在酒瓶与酒瓶之间消失，却又在琼浆与琼浆之间回来。是谁给酒神以智慧，在水的清纯里混进勾魂之药，让人与人之间有了互相间最真实的倾泻？京城与农村之间的差异，不是现代与落后的强烈对照，而是历史与欲望的无限延伸。

我在大地与大地之间的硬化面上，寻找大地的完整；也在时光碎片中寻找时间的长河。但终究让我难以走出时空的藩篱，在天与地之间，在走向未来的旅途中，我越来越清醒地认知到，自己不过是一粒没有分量的尘埃，一阵微风足以把我吹得无影无踪。此刻，我在天地之间泪流满面，我真怀疑我在人世间生存的意义！

　　而万事万物之间，依然互相排斥而又互相吸引地活着，活出有滋有味的样子。我看了，真说不出是心酸还是高兴！

（2019 年 8 月 22 日星期四于济南）

人鬼之间

最近迷恋上《聊斋志异》，看其中的鬼狐故事，有些鬼超越人；有些狐胜过仙。蒲松龄老先生是高人，借鬼狐之口，来讽刺挖苦世间物是人非，不能不说其出神入化的功夫，奈何了得。年少时，读一篇《聊斋志异》的文章，总要蒙着头睡觉好几天，生怕鬼狐夜里把自己捉了去；年龄大了，却发现，人间魑魅魍魉胜过书中描写的那些，再看《聊斋志异》，竟然觉得那些鬼狐都有些飘然异趣。噫吁戏，人生如苍狗挪移，到老了，咂摸咂摸，这个老蒲松龄啊！胜过千万个作家，看看今天的作家们，大多数是无病呻吟，或者说一些玄妙无聊的故事，怎抵得过《聊斋志异》的情趣？

但少年时代的欢乐是建立在幼稚基础之上的。那时的太阳就是温暖的太阳，没有从更高科学的角度理解太阳的高温也是可以融化人的梦想的；少年眼中的大人，都是"温良恭俭让"的；少年眼中的食品也都是最新奇，最美味的；少年时代的善良也是天真的善良，不带任何附加条件的。却不知人世间走一遭，一切的一切，似乎都翻过来了，少年时代的认知，能保持原始味道的所剩无几。

大人原来是被一路腐蚀过来的人；世界上的食物越装潢美好的，越要打几个问号；美女倘若貌若天仙，她的心灵一定没有狐仙真诚；读书人过去只是为了仕途，当下的读书人却与人间的鬼狐沆瀣一气；你别以为天下的月亮都是一样远，三十千米的距离，感受到的月亮是不一样的。所以，这时候看看《聊斋志异》，才知道蒲松龄老先生描写的鬼狐世界，好多鬼狐的境界远远超过当下的所谓人间精英。尤喜欢一个耳朵中出来的小人，其实，哪一个人耳朵中不藏着一个小人，这个小人不时在试探着社会，试探着人心，倾听着世间的嘈杂之音？道貌岸然的人比比皆是，熙来攘往于你的周遭，你自己何尝不是一个道貌岸然的人？你敢说你有狐狸一样的坦率，鬼魂一样的认真？这个世界上，"假作真时真亦假，真作假时假亦真"。看《聊斋志异》里的鬼狐的温情，远远胜过当下人间的冷酷，所以读书这个东西，可以找到虚无背后隐藏的真实。

《聊斋志异》作为文言小说的代表，少年时读，佶屈聱牙，现在读起来，却无比顺畅，原因在于读书多了，文言理解的就多了；经历多了，作者的观点和文中故事能引起共鸣；风情多了，就不会以瓜蛋的心理去阅读。所以进入老年，再读一遍少时读过的书，会别有一番感慨。

有人云："老不读三国，少不读西游"。是对一般读者而言的。其实反向读书更有一点味道。对同一本书，不同的年龄段，甚至在不同的地域去读，感受切实是不一样的。譬如我现在再去阅读德宏当地的史志，竟然是飘然物外的感觉了。

吃着德宏兄弟邮寄来的柚子，读《聊斋志异》，比少年时代读《聊斋志异》，既有酸甜的感觉，又有穿透的体验，挺好！

（2019 年 9 月 7 日星期六于北京光大花园）

醉

人人都是两面人，这是从普遍意义上说的。一个人在社会上的表现和在家里表现是不一样的；集体活动和个人独处也是不一样的！这不是说一个人精神实质变了，而是说环境变了。所以要求一个人在任何情况下都一样，无异于痴人说梦。

就拿醉来说，喝酒是最好的检验人内在品质的机会。一个人，酒后都不说真话，就像狗不会吃屎一样的可悲。事实上，每个人都渴望另一种补充，如真实的生活需要虚伪补充，紧张的生活需要闲适补充，非文学的需要文学补充，商业的需要官场补充，刚硬的需要柔软补充……故乡有一位异姓爷爷，他在上半生生龙活虎、刀枪不入，简直关公一般雄壮。下半生却温柔似水、声如女人。何哉？现实教育人，盖因其子，因其刚强，为了他对爱情的阻挠喝药而死。虎毒不食子，这位异姓爷爷，靠儿子的死来教育自己，的确有点代价太大了。

网上有不少视频，显示有些孩子不顺从大人意愿而自杀的。甚至有一个视频，描述孙子因为爷爷奶奶管教太严，用老鼠药毒死爷爷奶奶。而其父母央求亲人不让报案，真乃天下一绝事！天下父母爱孩子，这是出于天性。因为爱，最终而走向非爱的结局，以孩子的消失作为报答，其实，暗含着中国父母教育理念的缺失。

时光总是不流失的好。但有些时光的无聊，倘若不流失，真是没有什么意义。我曾经看过一个人，一辈子在企业里弄权，他以为自己很聪明，其实聪明的人就在他身旁不言不语。我是一位无语看客，我看这位弄权者表演了大半生，也看不语者看了大半生。不知道等到这位弄权者退休的时候，能否幡然悔悟。我见过一位弄权者临死之前还在计较葬礼的规格。人到了这种地步，他就不是单单为了一个躯体的生理状态而活了。

所以还是一醉方休的好。醉了，可以暂时忘却人间的喜怒哀乐，让脑子断片。其实，脑子暂时的短路，可以烧毁历史的沉淀，不去想那些乱七八糟的东西。人来到世间，还是需要温情的，而倘若一直醒着去看世界，世界也醒着看你，人就会很累很累。如那位弄权者，一生自以为是，他自以为高高在上，其实别人早看透了皇帝的新装，只是不说而已。

最近看过一本书《托洛茨基回忆录》，很有意思。失败者的话语，往往最可信。这就譬如生活中，最卑微者的话语往往最珍贵。这本书我读了两遍，改变了对许多伟人原来的认知。生活中的事情，很多人总希望用单一视角去瞭望，但值得探究的事情，却藏在正面形象之后。立体的东西，总比平面来得更真实。所以我看事物，总喜欢在聆听语言中知晓语言背后的故事，而不是单看那一张妩媚的脸！世人总会被美貌所迷，殊不知美貌之后藏着最大的骗局。

去年中秋，在瑞丽，与一位傣族女性山顶上仰望明月，同时喝酒的，还有另外两位浙江人。现在想起来，那晚，唯一遗憾的是没有喝醉。竟然说了一些不疼不痒的话，愧对月光。人不醉几分，就可能虚伪地生活几分。

在虚伪和真实之间，又一个中秋来临了……

（2019年9月8日星期日于北京游燕斋）

门与窗

功夫在诗外，语言更在语言之外。李白的"床前明月光"，一定是通过敞开的木门倾泻进来的。倘若是窗格栅，那光怎会"疑是地上霜"般的一致？门给醉酒后袒胸露腹的诗人无限的灵感，这场景，想想都暗含着情趣。

门框之美，给建筑带来了灵性。在青岛工作时，我就喜欢沿街去看建筑上的门窗，特别是德式建筑，红砖配白窗，透着高贵中的清爽，自是与我乡下的木柴门不同。鬼狐经常在蒲松龄的笔下借助门窗来找深夜苦读的书生，那门窗就成了恐惧的道具。倘若是没有门窗的屋子，挡住了鬼魂，也无法让书生出入了。

最初学的专业是工业与民用建筑，对各种门窗的设计还是深入研究了一番。门窗成为房子内外连接的通道，自由与封闭，诚然会给使用者带来各种不同的感受。门窗的作用，其实不仅仅在于通风、采光和出入方便，人类还赋予门窗以更多的审美功能。倘若一座房子没有像样的门窗，怕是要大煞风景。

古人对门窗的设计还是绞尽脑汁。在没有玻璃的时代，北方人喜欢用薄白纸敷于门窗之上，这样屋子里就不那么黑暗了；而玻璃这种东西，让门窗获得光之大赦的同时，也让隐秘的空间变成不让人喜欢的长舌妇，坦陈隐私于外。并不是每座房子的主人都喜欢敞亮在阳光之下，这时，献殷勤的窗帘成了最好的遮挡物。在北方城市，纵使住在几十层的高楼之上，住户也会对窗帘的设置一丝不苟。

阔大的门窗，总让人心旷神怡，著名品牌设计专家刘欣欣先生就住在自己设计的一栋木质房子里。透明的装有大落地窗的房子，直面大海。早上的阳光可以直射进来，喜欢裸体的画家与大海对视，窗外裸体的猴子看着地板上裸体休息的画家，这一切构成素描的静物，简直就是诗一样的生活。

到江西南昌出差，看到现代楼房的门窗设计窄小而难看。其实一个地区的房屋设计，自有其内在的道理。南昌的古建筑，也是窄而逼仄的门窗设计，怕与气候有关，也与地方文化传承有关（如相信门窗过大不聚财等说）。北方城市近些年的门窗设计，阔大无比，看上去都失去了真实感。尤其是站在框架结构的高楼窗边，会涌上莫名的恐惧，总担心会掉下去。人对建筑的归属感，更多依赖于实在的墙体，而对门窗带来的光明与通畅，心怀一丝警惕。

城市居民千篇一律的防盗门，除了生硬的感觉之外，似乎没给人带来多少美感。和古代随手一编的柴扉门窗相比，城市防盗门不仅挡住了野兽，也挡住了人与人之间的交往。

作家马原先生在西双版纳自己设计了城堡样的建筑，童话般的门窗设计，带来了与自然相和谐的童趣，也让他彻底摆脱了城市疾病的困扰。这种与自然相适应的门窗，并不是每个人都有资格和勇气去享受的。更多的城里人喜欢把自己封闭在僵硬的门窗里，过自得其乐的生活，只不过这"乐"不光单一的要命，还充满很多抑郁。

有人喜欢说"上帝给你关上一扇门的同时，会给你打开另一扇窗"。假如人的心胸就是一座房子，心门胸窗的设计要想别致一些，还真不是那么简单。你是喜欢古人的素朴还是现代的僵硬？抑或做一种超自然的选择？我倒是喜欢那能泻进一地霜美之光的门，还有那能与猴子对望的窗，这里蕴藏着自然的唯美，也有对建筑之美的欣赏。只是每日如驴般生活的我，也和当下的其他城里人一样。更多时候，心门胸窗是无奈封闭的，就如那铁硬的防盗门一样。我感觉，与我一样悲哀的城市人越来越多了：自然，真离我们越来越远了吗？！

（2019 年 9 月 9 日星期一于北京游燕斋）